그런 어른

그런 어른

김자옥 에세이

어쩌다 그런 어른은 되고 싶지 않다

Booksgo

어쨌든 어른이니까

어릴 때에는 나이를 먹으면 어른이 되는 줄 알았다. 작년까지는 청소년 요금을 냈는데 올해부터는 어른 요금을 내야 하는 것처럼 어떤 나이를 통과하면 어른이 되고, 어른이 되면 꽤 멋진 사람이 되는 줄 알았다.

"나이 들어서 그런가. 별게 다 섭섭해."

"아휴, 나이 들면 그래. 속은 좁아지고 느는 건 고집밖에 없어."

이런 말들은 어린 나를 자꾸만 헷갈리게 만들었다. 어른이 되면 별것 아닌 일에도 섭섭해지고, 속도 좁아지고 고집만 세지는 건가? 그런 게 어른인 건가? 그건 멋짐과는 거리가 멀잖아.

내키는 대로 말하고 생각 없이 행동하는 사람, 남의 감정 따위는 상관없이 자기감정에만 충실한 사람, 이랬다저랬다 일관성 없는 사람, 말과 행동이 다른 사람, 자기 말만 맞다고 우기는 사람, 늘 남 탓으로 돌리는 사람, 나는 괜찮은데 너는 안 된다는 사람.

누가 봐도 다들 '어른'으로 여겨지는 사람이었지만, 멋지진 않았다. 내가 생각한 어른은 이런 게 아니었는데. 어른'처럼 보이는' 사람들을 보며 나는 나중에 절대 저렇게 하지 말아야지, 하고 다짐했다.

다짐은 하나둘씩 늘어갔고, 나 또한 어른'처럼 보이는' 사람이 되고 나서야 확실히 깨닫게 되었다. 나이만 먹는다고 다 어른은 아니구나. 순간 덜컥 겁이 났고, 의심스러웠다. 절대 저렇게 하지 않겠다고 자신하던 어린 아이는 마흔을 넘기고 나서야 스스로에게 질문했다.

'혹시 나도 누군가에게 저런 어른으로 보이는 건 아닐까? 과연 나는 저들과 다르다고 할 수 있을까?'

안타깝게도 부정할 수 없었다. 그러지 말아야지 했던 다짐들을 쉽게 져버릴 때가 많았고, 성숙하지 못하다고 꼬집었던 행동을 똑같이 내가 하면서도 어쩔 수 없었다며 핑계를 댔다. 어릴 때 내가 그랬듯 누군가 나를 보고 어른이 되고 싶지 않다고 생각하진 않았을까. 또 누군가는 나를 보며 혀를 끌끌 찼을 수도 있겠다는 상상을 하니 얼굴이 화끈거렸다.

한때 〈어쩌다 어른〉이라는 TV 프로그램이 큰 인기를 얻었다. 다양한 분야의 전문가가 나와 어른을 위한 강연을 하는 프로그램이었는데, 늘 새롭고 특별한 인사이트를 주어 나 역시 즐겨봤다. 그런데 어쩐지 프로그램 제목이 영 신경 쓰였다.

'어쩌다' 어른? 그럴 생각은 없었는데 어쩔 수 없이 나도 모르는 사이에 어른이 됐다, 이런 의미일 텐데···. 그래서 억울하다는 걸까? 아무런 생각 없이 어른이 된 것이 후회된다는 걸까? 알쏭달쏭했다.

그 이후부터 유독 '어쩌다'라는 말이 이전보다 많이 귀에 들어왔다. '어쩌다'는 자신의 책임을 회피할 수 있는 이상한 힘을 가지고 있었다.

"누구는 이렇게 살고 싶어서 사나. 어쩌다 보니 이렇게 사는 거지."
"어쩌다 이렇게 된 거지. 내가 이렇게 될 줄 알았나."

정말 내 의지와 아무런 상관이 없었을까. 비록 어찌할 수 없는 상황이었더라도 그걸 어떻게 받아들일지는 내가 어떻게 할 수 있는 부분 아닐까. 어쩌다 어른이 됐다고?

새로운 다짐을 하게 됐다. 지금까지는 '어쩌다'를 앞세우며 어른스럽지 않은 행동에 대해 변명했을지 몰라도 어차피 될 어른이라면 이제부터는 좀 더 괜찮은 어른이 되자고. 어쩌다 어른이 됐다지만 어쨌든 어른이니까 좀 더 어른다운 어른이 되어보자고.

마음속에 새로운 다짐을 새기고 나서부터는 자주 나 자신을 돌아보게 되었다. 각오를 다졌다지만 여전히 돌아보면 후회스럽고 부끄러운 일 천지다. 그때는 그러지 말았어야지, 좀 더 침착했어야지, 왜 그렇게 감정적으로 행동했어, 그거 하나 이해 못해? 등등. 에휴, 언제쯤에나 괜찮은 어른이 될는지. 그래도 계속해서 모자란 부분은 채우고 뾰족한 부분은 다듬어가다 보면 조금씩 어른다운 어른에 가까워지지 않을까?

차곡차곡 어른의 생각을 쌓고, 어른의 말과 행동을 익히고, '어른'이라는 무게를 견딜 수 있는 힘을 키우고 싶다.

정말 자신 있게 '난 어른이야!'라고 말할 수 있는 날이 오긴 할까 싶기도 하지만 적어도 어쩌다 되어버린 어른은 하고 싶지 않다.

김자옥

contents

PART. 4

헐렁한 게 아니라
여유로운 어른이고 싶어

PART. 1

어른스럽게
말하려고 하면
꼭 실수하더라

숨바꼭질 같은
대화는 어려워

종종 '지금 나보고 하라는 거지?', '나 들으라고 하는 말이지?'라며 누군가의 말을 멋대로 해석할 때가 있다. 말하는 사람이 그런 의도가 아니라며 아무리 진심을 전하려 해도 듣는 사람이 꼬아서 듣기로 작정하면 이겨낼 방법이 없다.

"그러니까 지금 나한테 하는 말인 거잖아."

"아니라니까. 내 말은 그런 게 아니라…."

"아니긴 뭐가 아냐."

무한 반복이다. 반대로 너무 곧이곧대로 들어서 문

제일 때도 있다. '회사도 맘에 안 들고, 상사도 멍청하고, 일만 많아'라고 했더니 단번에 '그럼 그만둬'라는 답을 들었을 때. 말속에 숨은 '나 많이 힘들고 피곤해. 위로 좀 해줘'란 말이 들리지 않나 보다. 아니면 들으려고 하지 않거나. 한숨만 나온다. 그래도 그나마 이건 나은 편이다.

"네가 회사 맘에 들 생각을 해야지. 그리고 상사가 왜 멍청해. 다 너보다는 똑똑한 사람들이야."

이런 말을 들을 때면 속에서 열불이 난다. 말을 꺼낸 내가 잘못이지 싶다.

이런 경우도 있다. '요즘 많이 바쁜가 봐?'라고 해서 내 안부를 묻는 줄 알고 실컷 내 이야기를 했더니 다 듣고 나서는 엉뚱하게 '넌 내가 궁금하지도 않지?'라는 말이 돌아올 때. 이건 뭔가 싶지만 인내심을 갖고 상대방의 얘기를 다 들어보면 애초부터 내 안부가 궁금했던 게 아니라 자신에게 소홀한 것 같아 섭섭하다는 얘기가 하고 싶었다는 걸 뒤늦게 알아차린다.

이래서 그렇게 많은 책에서 경청을 강조하나 보다.

경청해야 상대방이 말하는 '의도'를 잘 파악할 수 있고, 의도를 파악해서 마음을 알아줄 때 상대는 속마음을 얘기하게 된다. 너무나 맞는 말에 저절로 고개를 끄덕이게 된다. 그동안 나의 듣는 태도도 돌이켜 보게 되고, '역시 경청을 안 하니까 서로 대화가 안 되지'라며 반성도 한다.

그런데 가끔은 도대체 진심이 뭐지, 싶을 정도로 진심을 꽁꽁 숨겨 놓는 사람들이 있다. 말로는 좋다는데 표정이 어딘가 복잡해 보여서 뭐 불편한 게 있냐고 물으면 웃는 얼굴로 그런 거 없다더니 나중에 뜬금없이 그때 좀 섭섭했다는 사람, 혹시 기분 나쁘거나 서운한 게 있냐고 물었을 때에는 정색하며 그럴 리 있겠냐고 하더니 한참 지나서야 '넌 꼭 말로 해야 알지?'라고 하는 사람. 그들의 진심을 찾아내려면 온갖 감각을 다 동원해야 한다. 말투, 눈빛, 어휘, 목소리 톤, 거기다 말할 때 주변 공기의 흐름까지 파악해야 한다. 이렇게 해서 겨우 상대방의 진심을 알아냈나 싶었는데 결국엔 '사람 마음을 왜 그렇게 모르냐'는 말이 돌아올 때가 있다. 이쯤 되면 그 진심, 별로 알고 싶지 않아진다. 진심이고 뭐고 다 피곤하다. 이젠 내

진심이나 좀 알아줘.

경청, 좋은 말이고 맞는 말이긴 한데 '굳이 그렇게 꽁꽁 숨긴 진심까지 내가 찾아내야 하나' 하는 생각이 든 다. 무슨 숨바꼭질하는 것도 아니고 왜 그렇게 진심을 찾 지 못할 곳에 숨겨 놓고 나보고 찾으라는 건지.

나는 어렸을 때에도 숨바꼭질은 별로 좋아하지 않 았다. 찾고 싶은 마음도 없는데 뭘 자꾸 찾으래, 귀찮게.

경청이 중요하다고는 하지만 애초에 진심을 숨기지 않으면 될 일 아닌가? 왜 진심은 따로 있으면서 엉뚱한 말을 하는 건지. 슬프면 슬프다고 하고, 아프면 아프다고 하면 될 것을 무슨 체면을 그리 챙기느라 본심과는 거리 가 먼 혹은 정반대의 말들을 쏟아내는 건가 싶다.

반면에 아이는 감정 표현에 아주 솔직하다. 위로가 필요한 순간 잔소리를 하면 아이는 말한다.

"엄마, 난 지금 위로가 필요해. 그냥 등 두드리면서 괜찮다고만 해줘."

그럼 난 하던 말을 멈추고 아이의 등을 토닥여준다.
화가 너무 날 때는 간혹 내게 이렇게 묻기도 한다.

"엄마, 나 너무 화가 나. 욕 한 번 해도 되지?"

그럼 시원하게 한 번 하라고 한다. 정말 시원하게
한 번 하고는 괜찮아졌다고 한다. 이 얼마나 쿨한가. 내
가 두 번, 세 번 틀어서 생각하지 않아도 되니. 속마음을
오해할 일도 없으니.

어른들은 종종 말한다. 나 또한 여러 번 말했다. 내
가 그것까지 말해야 하냐고. 말하지 않아도 알아야 하는
것 아니냐고. 굳이 말로 해야 아냐고.

말해야 안다. 말로 뱉지 않으면 오해받는 일도 많
고, 혼자 참는다고 해결되는 것도 아니며 게다가 알아주
기는커녕 답답하다는 소리만 듣는다. 진짜 속마음은 따
로 있으면서 겉으로는 이해하는 척, 괜찮은 척하는 것은
배려가 아니라 용기가 없을 뿐이라는 걸 이제는 안다.

진짜 배려를 생각했다면 끝까지 속마음을 드러내지

말았어야지. 이건 뭐 신경을 쓰라는 건지 말라는 건지. 은근히 신경 쓰게 만드는 건 더 배려 없는 행동이다.

말하지 않기를 택했다면 마음을 몰라주는 상대를 탓하지 말아야 한다. 그때부터는 섭섭함이든 답답함이든 전부 자신이 감당해야 할 몫이 되는 것이다.

누군가는 상처 주기 싫어 속마음을 드러내지 않는 거라고 할지도 모르겠다. 당연한 말이지만 속마음을 드러내라고 해서 예의 없이 막말을 하라는 건 아니다. 지킬 건 지키면서도 충분히 자기표현을 할 수 있어야 한다. 진짜 어른이라면.

솔직한 걸까
잔인한 걸까

    나는 감정은 잘 표현하지 못하는 반면 의견을 말할 때는 적극적이고 과감한 편이다. 별로 좋다고 생각되지 않는 의견에 대충 좋다며 동의하거나, 그다지 좋아 보이지 않는 아이디어를 분위기에 휩쓸려 좋다고 하기보다는 내 생각을 정확히 말하려고 한다.

    얼마 전 같이 글쓰기 모임을 운영하는 분이 다음 기수 모집 문구를 새로 작성해봤는데 어떠냐고 물어왔다. 꽤 길게 썼고 고심해서 쓴 것 같았다. 그런데 뭔가 문구가 와닿지 않았다. 핵심은 간단한데 길게 늘여 쓴 느낌이랄까.

어떻게 말해야 할까 잠시 고민했다. 지금까지 모임에서 긍정적인 의견보다 부정적인 의견을 많이 냈던 터라 다른 사람들의 반응을 먼저 살펴보기로 했다. 역시 좀 길다는 얘기가 나왔고, 그 외에는 다들 말이 없었다.

모두들 입을 다문 타이밍에 내가 입을 열었다.

"잘 와닿지 않아요. 다 빼고 핵심 한 줄만 기존 것에 추가하는 게 어떨까요?"

글을 작성한 작성자는 내 의견을 듣고 그것도 좋겠다며 동의했지만 왠지 말하고 나니 마음이 좀 그랬다. 다른 사람이 공들여 쓴 걸 너무 무시했나 하는 생각이 들었다. 역시나 다른 사람들은 '잘 썼다', '이 부분이 가장 설득력이 있으니 이 부분을 살려서 추가해보자', '내용이 좋으니 이 글은 살려서 다른 데에 쓰고 여기서 조금만 수정하면 될 것 같다' 등의 의견을 보였다. 순간 아차 싶었다. 이렇게 말할 수도 있는 걸 굳이 와닿지 않는다고 할건 뭐람. 나란 인간은 참….

역시 글쓰기 모임에서의 일이다. 각자 글을 써서 여러 사람에게 공개하고 서로의 글에 대한 피드백을 주기로 했다. 역시나 그 솔직한 성격이 어디 갈까. '주제가 모호한 것 같아요', '논리가 부족해 보여요', '문장이 좀 어색한 것 같아요' 등등. 물론 좋은 말도 하긴 하지만 좋은 말이야 다른 사람들이 많이 할 테니 칭찬은 짧게 줄이는 편이다. '좋다는 말 들으려고 여기 온 건 아니잖아? 발전하려고 오는 거지'란 생각에서. 그리고 실제로 생각을 나누고 배우려고 참석한 사람들이라 부정적인 평가도 적극적으로 수용한다. 그걸 믿고 더 솔직하게 이야기하는 것도 어느 정도 있다.

그런데 내가 생각해도 이건 좀 심했다 싶을 때가 있다. '무슨 말인지 잘 모르겠어요'나 '재미가 없어요' 같은 말을 할 때다. 이미 말해놓고 너무했다 싶지만 다시 주워담을 수도 없고. 어떻게라도 수습해보려 하지만 어떤 말로도 위로가 안 될 거라는 걸 잘 안다. 지나치게 솔직한 말을 들은 당사자는 애써 '괜찮아요. 난 다 수용할 수 있어요' 하는 표정을 지어 보이지만 괜찮을 리가 있나. 이럴 때면 나도 내가 참 못마땅하다. 꼭 그랬어야 했니?

다른 모임에서 이런 적도 있었다. 앞으로 모임의 방향에 대해 논의할 때였다. 한 분이 PPT 자료까지 만들어 꽤 멋지게 발표를 했다. 그런데 듣는 내내 '뭘 이렇게까지'라는 생각이 들었다. 게다가 내용 중에는 여러 의문점이 있었다. 발표가 끝나고 다들 '어머, 너무 멋져요. 언제 이런 걸 만드셨어요'라는 반응을 보였지만 나는 그 화기애애한 분위기에 찬물을 끼얹었다. 하나하나 반박에 가까운 의견을 냈다.

그날 회의는 나름 좋았다고 생각했다. 다양한 의견이 나왔고 그 의견들을 반영해 좋은 쪽으로 방향을 잡았다. 어느 정도 내 공도 있었다고 생각했다. 내가 반박하지 않았으면 발표자가 말한 대로 '다 좋아요' 하고 회의가 끝날 수 있었으니까. 회의를 마칠 무렵 유독 그날따라 다들 발표자에게 '수고했다', '멋졌다'며 한마디씩을 건넸다. 왠지 내 말에 상처받지 않도록 일부러 더 그러는 것처럼 느껴졌다. 아니 확실했다. 그때 알았다. 내가 또 너무 솔직했구나.

의견을 얘기할 때마다 무엇보다 정확하고 솔직한 게 중요하다고 생각했다. 그게 결과적으로 상대방에게 도움이 되는 거라고 생각했다. 그런데 '과연 상대방에게 도움이 되는 걸까?' 하는 생각을 하게 된다. 생각과 감정을 잘 분리해서 쓴소리도 기꺼이 받아들일 수 있는 사람이 있는가 하면 감정이 움직여야 생각도 움직이는 사람도 분명 있을 텐데. 예를 들면 칭찬을 받고 기분이 좋아져야 일의 결과도 좋아진다거나, 반대로 기분이 다운되면 아예 의욕 자체가 생기지 않는 사람도 있을 수 있으니까. 사람들 기분까지 일일이 다 살펴가며 일할 수는 없겠지만 적어도 솔직한 게 상대방을 위한 거라고 단정 짓지는 말아야 하지 않을까.

여기서 한 가지 의문이 드는 건 '난 정말로 상대를 위해서 그렇게 말했을까?'이다. 보고 있자니 답답했거나 예의를 갖추는 수고를 덜고 싶었거나 '좋아요. 여기만 조금 수정하면 더 좋을 거 같아요', '그런 생각도 좋은데 이렇게도 생각해보는 것도 좋을 거 같아요' 같은 상처를 주지 않기 위해 하는 배려가 번거롭게 느껴졌던 건 아닌지.

'재미가 없어요' 같은 말을 툭 뱉고 나면 과연 나는 솔직했던 걸까 예의가 없었던 걸까 많이 고민하게 된다.

'솔직함'이라는 핑계를 대며 예의를 잠깐 내려놓았던 건 아닌지. '솔직히 말하면'이라는 말을 방패 삼아 뭐든 말해도 된다고 착각했던 건 아닌지. 그 말로 모든 게 허락된다고 내 멋대로 여기진 않았나 싶다. 사실 솔직하기 위해서는 더 많은 예의를 지켜야 하는데 말이다.

한편으로는 남에게 솔직했던 만큼 나는 내게 얼마만큼 솔직했는지, 남이 하는 솔직한 말을 나는 감정을 배제하고 의견으로만 쿨하게 받아들였는지도 생각해보게 된다.

그냥
고마운가 보지

가끔 '고맙다'는 말이 귀에 거슬릴 때가 있었다. 사람들은 고맙다고 말하는데 '대체 뭐가 고맙지?' 싶었다.

예를 들자면 이런 때다. 독서 모임에서 지정된 책을 읽고 나서 모임 날 이야기를 나누기로 했다. 각자 책을 읽기 시작한 사람들이 하나둘 단체 채팅방에 책이 조금 어렵다고 전해왔다. 그러던 중 한 명이 '저도 어려웠는데 어쨌든 읽긴 다 읽었어요. 모임 때 봬요'라고 했다. 그 말에 누군가 '다 읽으셨구나. 감사해요'라고 대답했다.

대체 뭐가 감사하다는 거지? 책을 다 읽어줘서? 아

님 모임 때 보자는 게 감사하다는 건가? 책은 누굴 위해서가 아니라 자기 자신을 위해 읽는 건데 고마울 게 뭐가 있고, 모임에 참석하겠다는 것 역시 싫지만 나와주겠다는 것도 아니고, 싫으면 안 나와도 그만인 것을 고마울 게 뭐가 있나 싶었다.

E는 만나는 사람마다 다 덕분이라며 고맙다는 말을 습관처럼 했다. 내가 봤을 때 다른 사람들이 그에게 특별히 해준 건 없었다. E는 심지어 자신에게 그다지 호의적이지 않은 사람에게도 덕분이라며 감사하단 말을 붙였다. 도대체 뭐가 감사한 거야?

이건 나도 종종 쓰는 경우이긴 한데, 이메일 마지막 문구가 '감사합니다'로 끝나는 경우다. 특히 거절 메일일 때에는 좀 약이 오르기도 한다. 앞의 내용에서 실컷 이러이러해서 당신의 제안을 받아들일 수 없다고 해놓고서 마지막에 감사하다니. 물론 거절은 하지만 어쨌든 제안해주어 감사하다 뭐 이런 의미겠지만… 마음이 참 그렇다.

기분에 따라 받아들이는 것도 달라진다고 마음이 온화할 때는 그다지 신경도 안 쓰이고 때에 따라서는 그래도 예의를 갖춰준 것에 대해 나 역시 감사히 여겨지기도 하지만 그렇지 않을 때에는 '지금 누구 놀리나?' 하는 옹졸한 생각이 든다. 그런데 이건 나도 자주 쓰는 마무리 인사이니 맹비난은 못하겠다.

하루는 아이가 선생님께 이메일로 숙제를 보낼 일이 있었다. 메일을 다 쓰고서 아이는 내게 잘못된 게 있는지 한번 봐달라고 했다. 특별히 잘못된 건 없었지만 '숙제 보냅니다'라는 말만 덜렁 있는 게 뭔가 허전한 느낌이었다. 그래서 마지막 문구에 '감사합니다'라고 쓰라고 했다.

"뭐가 감사해?"

아이는 이해할 수 없다는 듯 궁금한 눈빛으로 내게 물었다. 그러게… 뭐가 감사한 거지? '보통 메일에서는 마지막에 그렇게 써'라며 나조차 이해가 안 되는 답변을 하면서 혼자 머쓱했다.

"오히려 선생님이 고마워해야 하는 거 아냐? 내가

숙제를 보내 주는 건데."

아주 틀린 말은 아니었다.

여전히 '고맙다'는 말은 때때로 한 번에 꿀꺽 넘기지 못해 목에 걸린 알약처럼 거슬렸다. 나만 이렇게 느끼는 건가 싶고 다른 사람들의 생각도 궁금해 블로그에 이런 글을 올렸다.

고맙다는 말 자주 하시나요? 가끔 너무 자주, 아무 때나(내가 느끼기에) 고맙다고 하는 사람을 보면 좀 마음이 복잡해집니다. 내가 하고 싶어서 한 일인데 고맙다고 하고, 당연히 내가 할 일이라 한 건데 고맙다고 하고, 정말 대수롭지 않은 일인데 또 고맙다고 하고. 그럼 '이 사람이 왜 나한테 고마워하지?'란 생각이 듭니다. 처음엔 '매사 감사한 마음을 가지려나 보다', '뭔가 예의를 차리려나 보다' 했는데 그게 지나치니 안 해도 될 생각들이 많아졌습니다.

'좋은 사람처럼 보이고 싶은 건가?', '왜 스스로 낮은 자세를 취하지? 굳이 그러지 않아도 되는데', '스스로 부족하다 느끼나? 자존감의 문제인가?' 뭐 이런 쓸데없는 생각을 하게 되었습니다. 뭐든 정도가 중요하듯이 감사에도 정도가 필요하지 않나 싶습니다.

내심 '맞아요. 저도 좀 그랬어요'라는 댓글이 한두 개는 달릴 줄 알았다. 그럼 '그죠? 저만 그런 거 아니죠?'라며 기쁜 마음으로 답글을 달 준비를 하고 있었다. 그런데 웬걸. 상상과는 반대로 '그래도 매사에 감사해야 한다고 생각한다', '감사하다는 말을 되도록 많이 하려 노력한다', '좋은 의도도 나쁘게 받아들이려면 그렇게 들리는 법이다' 등의 댓글이 대부분이었다. 약간의 실망감과 '내가 좀 그랬나?' 싶은 반성, '그래도 난 지나친 건 별론데…' 하는 마음이 뒤섞였다.

며칠 전 가수 아이유가 게스트로 출연한 예능 프로그램을 봤다. 혹시 직업병이 있냐는 진행자의 질문에 아이유는 고맙다는 말을 습관처럼 한다고 답했다. 굳이 고마워해야 하는 일이 아닌데도 자꾸 고맙다고 하고, 가끔은 영혼 없이 할 때도 있다고. 답답한 속이 뻥 뚫리는 듯

했다.

　내 말이! 내 말이 이 말이었다. 그동안 나는 영혼 없이 습관처럼 하는, 진심이 조금도 느껴지지 않는, 아무 때나 하는 '고맙다'는 말이 거슬렸다. 아이유는 '고맙다'는 말에 이어 '수고하셨습니다'란 말도 그렇다고 했다. 어느 날은 집 엘리베이터에서 내리면서 같이 탄 이웃 주민에게 자신도 모르게 고개를 꾸벅 숙이며 '수고하셨습니다'라고 해 민망한 적이 있다고 했다.

　이제야 얹혀 있던 체기가 쑥 내려가는 듯했고, 이제 이 생각은 그만 접자 싶을 때쯤 친한 친구가 이전에 올려두었던 블로그 글에 댓글을 남겼다.

　"남 의도까지 파악할 필요가 뭐가 있어. 고맙나 보다 하면 되는 거지."

　그러게… 난 뭘 그리 복잡하게 생각했던 걸까? 고작 고맙다는 말 한마디에 영혼까지 담아주길 바랐던 걸까? 진심까지 들먹이며 진심이 아니면 아예 하지 말라는 까칠한 말이 하고 싶었던 걸까? 난 얼마나 진심을 다했다고. 또 얼마나 영혼을 실었다고. 알고 보면 내가 그들보다 영혼은 더 없었을 수도 있는데.

아니면 '다른 사람들은 왜 나처럼 생각하지 못하는 거지? 왜 다들 일상에 둔감한 거지?' 하면서 혼자만 남다른 예민함을 가진 듯 우쭐했던 건 아닌지. 꼴사납게.

내가

애도 아니고 말이야

어릴 때 엄마가 잔소리를 하면 자주 하던 말이 있다.

"내가 알아서 할게. 내가 애야?"

정확히 몇 살 때부터 이 말을 했는지는 모르겠지만 지금 생각하면 참 재밌다. 분명 애였을 텐데. 엄마는 얼마나 기가 찼을까.

요즘 아이가 딱 그렇다. 차 조심하고 특히 사람 조심하라고 하면 아이는 '아휴, 엄마, 내가 애도 아니고'라고 한다. 아직 아이 맞는데…. 적어도 내 눈에는.

언제부터인지 '내가 애야?' 같은 말은 하지 않게 되

었다. 이젠 누구도 더 이상 날 애 취급하지 않거니와 내가 생각하는 어른의 의미가 조금 달라졌기 때문이다. 어릴 때 어른이란 그저 나이를 먹는 것이었다면 지금은 좀 더 복잡해졌다. 자격 조건이 까다로워졌다고나 할까. 나이를 먹는 것 외에 성숙하고, 현명하고, 지혜롭고, 배려와 겸손을 알고 등등. 뭐라 한마디로 정의를 내리기가 어려워졌다.

'내가 알아서 할게' 하던 시절보다는 훨씬 더 나이는 먹었지만 오히려 더 '내가 애야?' 같은 말은 못하겠다. 지금은 '내가 애야?'라는 말 대신 스스로에게 '언제 어른이 될래?'라는 말을 더 많이 하는 것 같다. 어떻게 된 게 나이를 먹을수록 점점 더 어른이라고 하기가 영 찜찜하고 찔린다.

동생 같은 친구 S가 있다. 옆에서 보고 있자면 잔소리를 안 할 수 없다. S가 고민을 털어놓으면 그건 그렇게 생각할 게 아니라고 타이르게 되고, 사람 너무 믿지 말라는 당부도 빼놓지 않는다. 그럴 때마다 S는 '아이고, 내가 애냐? 설마 내가 그런 생각도 안 하겠어?'라고 하지만 S

의 말에 어쩐지 안심이 되기보단 더 불안하다.

아니나 다를까 얼마 되지 않아 S의 호출이 있었다. 누군가에게, 어디선가 상처를 받고는 씩씩거리며 '내가 그 사람을 얼마나 챙겨줬는데 어떻게 나한테 그럴 수 있어! 다 소용없어!'라며 하소연을 했다.

"사람들이 다 내 마음 같지 않아. 그래서 사람 너무 믿지 말라고 했잖아."

한참 어린 친구에게나 할 법한 말들을 친구에게 다시 한 번 건넸다. 그럼 또 S는 '나도 그 정도는 알지'라며 수긍했다.

"나도 애가 아니니깐 그건 아는데… 그냥 마음이 좀 그렇다는 거지."

좀 전까지 한껏 성난 S의 목소리는 한풀 꺾여 있었고, 나는 S의 말에 살짝 웃음을 터트릴 뻔했지만 가까스로 참았다. 웃었다간 정말 애처럼, 왜 웃냐며 기분을 상해할 게 분명했다.

종종 다 큰 사람 중에서도 '내가 애야?', '내가 애도 아니고' 같은 말로 자신이 어른임을 강조하는 사람들이 있다. 혹은 누군가를 질책하며 짐짓 자신은 꽤 어른인 척하기도 한다. 그럴 때면 뭔가 좀 어색하고 이상하다. 다 큰 성인이 자신이 어른임을 호소하는 격이지 않나. 마치 어린애가 '나도 이제 제법 어른이야!'라고 하는 느낌이랄까. 강한 부정은 강한 긍정이므로 어쩌면 자신이 아직 어른이 아님을 너무 잘 알아서 일부러 애가 아니라 어른이라며 과하게 손사래 치는지도 모르겠다.

진짜 어른은 자신이 어른이라고 나서서 이야기하지 않는다. 누군가로부터 어른임을 인정받으려 애쓰지도 않고. 또 굳이 어른인 척하지도 않는다. 이미 어른이니 어른일 척할 필요가 없다. 그렇지 않은 사람들이 어른인 척을 하고, 어른임을 강조하고, 어른 대접을 받길 바란다.

누군가 자신이 어른임을 끊임없이 드러내려 한다면 그건 어른이라서 그런 게 아니라 아직 어른이 못 되어서 그런 거라 생각해도 되지 않을까. 원래 바라는 걸 얻지 못했을 때 그에 대해 더 자주 말하는 법이니까.

그래서 더 '내가 애야?' 같은 말은 못하겠다. 아직 애라는 게 들통날까 봐.

말 잘하는 사람보다
잘 듣는 사람

    말 잘하는 사람을 보면 그렇게 부러울 수가 없었다. 어쩜 저렇게 말이 술술 나올까? 어떻게 버벅거리지 않고 또박또박 말할 수 있을까? 타고났나? 집에서 따로 연습이라도 하나?

    그런데 요즘은 말 잘하는 능력보다 더 부러운 것이 생겼다. 잘 듣는 사람이다. 난 조금 듣다 지루하다 싶으면 얼굴에 금방 표시가 나고, 집중도 안 되고, 혼자 딴생각에 빠지기도 한다. 그런 나와는 달리 어떤 상황에서도 잘 듣는 사람을 보면 나도 좀 배워야겠다 싶다. 듣는 것도 연습이라고는 하는데 도통 늘지 않는다. 물론 연습을 제대로 하지 않아서 그런 것도 있겠지만 나의 타고난 성향도 조금은 영향을 미치는 것 같다.

관심이 없거나 지금 당장 나랑 상관이 없는 일이라면 흘려듣게 된다. 가끔은 이런 게 도움이 될 때도 있지만(헛소문 같은 거 흘려들을 때). 보통은 나중에서야 '그때 그 사람이 뭐라고 했는데', '뭐라고 했더라'라며 사라진 기억을 쥐어짜느라 고통스러워할 때가 더 많다. 그럴 때면 난 도대체 뭘 들은 건가 싶고, 얼굴에 혹시 딴생각하는 표시가 나지는 않았는지 걱정도 된다.

가끔씩 내가 하는 얘기를 진심으로 들어주는 사람을 만나면 나 역시 진심을 담아 말하게 되고, 더 알아듣기 쉽게 정리해서 말해보려 노력하게 된다.

그런 사람과 헤어지고 나면 나를 돌아본다. 저렇게 누군가의 말을 집중해서 들은 게 언제였는지, 온 신경을 듣는 데에 집중한 적이 몇 번이나 되는지. 타고난 성향

탓이라고는 했지만 사실 노력과 성의의 문제일 것이다. 가끔은 정말 듣기 힘든 말도 있지만 그런 거 빼고는.

잘 듣는 사람은 눈빛부터 다르다. 듣는 습관이 몸에 배어 있지 않고서는 나올 수 없는 눈빛이 있다. 그런 눈빛을 갖고 싶다. 이건 나이 든다고 저절로 얻어지는 건 아닌 것 같다.

얼마 전, 이혼한 부부가 다시 만나 그동안 못했던 이야기를 나누는 예능 프로그램을 봤다. 한 중년 부부가 나왔는데, 보다가 속이 터지는 줄 알았다. 한쪽은 지금껏 못했던 속 이야기도 털어놓고 상대방 얘기를 들어보려 하는데, 다른 한쪽은 주의 깊게 들을 생각이 전혀 없어 보였다. 듣기 싫은 얘기가 나오면 딴소리를 하고, 갑자기 핸드폰을 꺼내 친구에게 전화를 걸고, 상대방이 '그때는 이런 감정이었다' 얘기하는데 말을 끝까지 듣지도 않고 공감은커녕 훈계부터 했다. 보는 내내 고구마 몇 개를 통째로 삼킨 듯 속이 답답했다.

'우와, 어떻게 저럴 수가 있지? 본인은 아나? 자신

041

이 저런다는 걸? 나중에 TV로 보면 좀 놀라긴 하려나?'

이런 생각을 나만 했던 건 아니었나 보다. 방송이 끝나고 관련 기사에 수십 개의 댓글이 달렸다. 나도 댓글에 동참하고 싶단 생각이 들긴 했지만 '뭘 또 굳이…' 라는 생각에 그만두었다. 그리고 또 하나, 어쩌면 내게도 저런 모습이 있을지도 모르겠다는 생각 때문이었다. 한 발짝 떨어져서 내 모습을 객관적으로 본 적이 없으니 '내게도 저런 모습이 없을 거라고는 장담 못하지' 하는 생각이 잠깐 스쳤다.

생각할수록 자신이 없어졌다. 내가 누굴 욕할 입장은 아닌 것 같았다. 아마도 이 프로그램의 취지가 시청자들에게 보고 지적만 하지 말고 스스로를 돌아보라는 게 아니었을까? 그렇다면 성공이다.

가르침은 넣어두고
함께 고민하기

하루는 아이가 심각하게 물었다.

"엄마, 만약에 자살하려는 사람이 있다면 죽을 용기로 살아보라면서 자살을 막는 게 맞는 걸까? 아님 그것도 그 사람의 선택이니 죽게 놔두는 게 맞는 걸까?"

조금 생각이 필요했다. '오죽하면 그런 선택을 하려는 걸까' 하는 마음과 '그래도 일단 살리고 봐야 하지 않나' 하는 마음이 동시에 들었다. 잠시 고민은 했지만 역시 막는 게 맞는 것 같았다.

"말려야지. 앞으로 어떻게 될 줄 알고 그렇게 극단

적인 선택을 해. 살다 보면 살아지는 게 인생인데."

"근데 힘든 걸 이겨내야 하는 건 자기 자신이잖아. 말리는 사람이 대신 힘들어줄 수 있는 것도 아니고. 그 힘든 게 힘들어서 죽으려는 거 아닌가?"

너무 맞는 말이라 할 말이 궁색해졌다.

"틀린 말은 아닌데 그래도 인생이 어떻게 항상 행복해. 힘들 때도 있는 거지. 힘든 때도 있어야 행복도 느낄 수 있는 거고. 그리고 지금은 죽을 만큼 힘든 거 같아도 나중에 생각하면 그렇게 힘든 게 아닐 때도 있어."

침착함을 유지한 채 가능한 자상하게 답했다. 아이는 더 깊이 생각에 빠지는 듯했다.

"태어난 건 자기가 선택하지 않았더라도 죽는 건 자기가 선택할 수 있는 거 아냐?"

그때 머릿속을 탁 스치며 예전에 아이가 했던 질문이 생각났다. 어느 날 아이가 물었다.

"엄마, 아예 이 세상에 안 태어났으면 힘든 것도 없었겠지?"

난 꽤 당황했지만 태연한 척 답했다.

"대신 행복도 못 느꼈겠지."

"이 세상에 존재하지 않으면 힘든 것도 없고 행복도 없는 그냥 '무' 상태 아니야?"

"그거야 그렇지."

최대한 태연한 척 답하고 아이의 표정을 살폈다. 아이는 뭔가 더 할 말이 있어 보였다. 아이의 입에서 이어질 다음 말이 무엇일지, 그 말에 어떻게 답해줘야 할지 조금 두렵긴 했지만 그래도 무심한 듯 툭 던졌다.

"왜? 사는 게 힘들어?"

"그럼 힘들지, 안 힘들겠어?"

툭 하고 던진 말에 말문을 턱 막히게 만드는 아이의 한마디. 여기서 당황스러운 표정을 드러내면 안 된다. 아이의 어깨를 감싸며 말했다.

"우리 아들, 많이 힘들구나?"

"아니, 힘든 것도 힘든 건데, 논리적으로 따지면 그렇지 않나 해서."

그때 논리를 따지던 아이 덕분에 나는 흠칫 놀란 마음을 겨우 진정시켰던 전적이 있었다.

다시 돌아와서 지금 상황에서는 어떻게 논리적으로 설명해야 하지? 잠시 생각 끝에 이렇게 답했다.

"사람이 이 세상에 태어난 데에는 다 이유가 있어. 누군가 우리를 여기로 보냈다면 분명 이유가 있어서 보낸 걸 거야. 그러니까 각자는 다 존재 이유가 있고 다 가치가 있는 거지. 예를 들면 우리 Y는 존재하는 것만으로도 엄마에게 큰 힘을 주잖아. 얼마나 엄청난 가치야. 자기 가치를 무시하고 그런 선택을 한다는 건 어리석은 행동이야."

나름 논리적이고도 가슴 따뜻한 답변에 내심 뿌듯한 엄마 마음도 모르고 곧장 아이의 말이 되돌아왔다.

"그 가치가 자기가 원해서 생긴 게 아니잖아. 그럼 스스로 포기할 수 있는 거 아니냐는 거지."

슬슬 짜증이 올라왔다. 머리에서 열도 나는 것 같고. '이쯤에서 그만하지?' 하는 생각이 마구 꿈틀거렸다. '헛소리 그만하고 가서 숙제나 해'라고 하고 싶은 마음을 간신히 누른 채 방향을 조금 틀어 분위기에 맞지 않는 간지러운 멘트를 날렸다.

"왜? Y가 지금 그러고 싶은 거야? 안 돼. 엄마 아빠는 Y 없이는 하루도 못 살아."

아이 얼굴은 잠깐 환해졌고 '알지. 나도 엄마 아빠 없으면 못 살지'라고 했다. 여기서 끝인 줄 알았는데… 아니었다. 아이는 다시 같은 말을 되풀이했다.

"그건 그런데 논리적으로 따지면 각자에게도 선택권이 있지 않느냐는 거지."

흠… 슬슬 잠들어 있던 승부욕이 기지개를 켰다. 마음을 가다듬고 천천히 말을 이어갔다.

"Y 말처럼 선택은 할 수 있어. 사는 게 힘드니 죽는 걸 택하겠다는 생각도 할 수 있고. 근데 죽는 게 사는 것보다 덜 힘들까? 만약 지금 죽겠다고 생각하면 방법부터 생각해야 하잖아. 어떻게 죽을 거야?"

아이는 고민하는 눈치다.

"또 방법을 생각해냈다고 해도 막상 그 순간이 되면 쉽게 행동으로 옮길 수 있을 것 같아? 절대 쉽지 않아."

아이는 아무 말이 없다. 지금이 기회다. 계속 말을 이어갔다.

"그리고 죽는 게 살면서 고통 받는 것보다 낫다고

어떻게 장담할 수 있어? 죽어본 적도 없고 이 고비만 넘기면 바로 뒤에 행복이 기다리고 있을 수도 있는데. 그건 누구도 모르는 일이잖아. 게다가 힘들다는 건 정말로 생각하기 나름이라 생각을 조금만 바꿔도 당장 죽을 것 같다가도 해볼 만한 일이 되는데. 이런 모든 가능성을 다 무시하고 그래도 죽음을 택하겠다면 그걸 누가 어떻게 말리겠어. 근데 한 가지 생각할 건 그 선택은 분명 아쉬움이 많이 남는 선택일 거라는 거야. 어쩌면 죽는 순간부터 후회할지도 모르고. 근데 그땐 벌써 늦었지."

논리적인지 전혀 논리적이지 않은지는 잘 모르겠다. 자라는 아이에게 이렇게 말하는 게 맞는 건지도 모르겠고. 약간 흥분하긴 했지만 나름 최선을 다해 내 생각을 어필했다. 이 순간만큼은 아이를 아이라 생각하지 않았다. 성인 대 성인으로 의견을 나누었다.

아이는 별다른 대꾸가 없었다. 설득이 된 건지 내가 너무 흥분을 해서 '뭘 또 이렇게까지⋯' 하며 그냥 무시한 건지.

나중에 남편에게 이 이야기를 했더니 기겁을 했다.

애한테 그렇게 말하면 어떡하느냐고. '네가 선택해'라는 말처럼 들리지 않겠냐고. 그럼 당신이 말을 해보든가요.

　　모르겠다. 뭐가 정답인지. 그런데 꼭 정답만 말해줘야 하나? 어른이라고 모든 정답을 아는 것도 아니고. 물론 아이들 역시 어른의 말이 다 정답이라고 생각하지도 않겠지만. 이젠 가르치기보단 함께 고민해야 하는 시대가 아닌가 싶다.

미안하면 미안하다
왜 말을 못 해

산책로에서 있었던 일이다. 걸어가던 아주머니와 자전거를 타고 오던 아저씨가 가던 길을 멈추고 말다툼 중이었다. 어디서부터 화가 난 건지 모르겠지만 산책로를 지나가는 사람들이 한 번쯤 고개를 돌려 볼 만큼 둘의 얼굴에는 짜증이 잔뜩 묻어 있었고, 언성은 이미 높아질 대로 높아져 있었다.

아저씨는 자전거 다니는 데 불편하게 왜 이 길로 걷냐고 아주머니에게 따졌고, 아주머니는 이 길은 보행자도 다닐 수 있는 길인데 무슨 문제가 있냐며 아저씨에게 맞섰다. 저쪽에도 길이 있는데 왜 이 길로 다니느냐며 핏대를 세우는 아저씨와 이에 뒤질세라 왜 자전거만 다녀야 하냐며 응수하는 아줌마.

그 둘 곁을 지나가며 흘깃흘깃하던 사람들이 하나둘 걸음을 멈춘 것은 아저씨가 대답 대신 거북한 욕설을 쏟아내기 시작하고 나서부터였다. 아저씨는 보란 듯이 목소리를 키웠고, 지나가던 한 사람이 보다 못해 한마디 거들었다.

"아저씨, 여기 자전거 전용도로 아니에요. 보행자 겸용 도로예요."

아저씨는 물론이고 싸움을 지켜보던 주변 사람들도 다들 고개를 숙여 바닥을 확인했다. 공교롭게도 아저씨가 서 있던 딱 그 자리에 자전거 그림과 보행자 그림이 함께 그려져 있었다. 아저씨의 표정에는 당황함이 역력했다. 목소리도 방금 전과는 다르게 다소 힘이 빠졌다.

"그래도 그렇지! 길이 여기만 있는 것도 아니고!"

하필 그 위에 서 있을 게 뭐람. 그제야 사람들 시선에 부끄러워졌는지 아저씨는 슬금슬금 자리를 뜨기 시작했다. 자리를 뜨면서도 애써 당당함을 유지하려 한 건지 무안해서 그런 건지 알 수 없지만, 굳이 한마디를 남겼다.

"에이! 재수가 없으려니까…."

이런 사람들을 종종 마주치곤 한다. 착각이나 실수를 하고 그걸 뒤늦게 깨달았을 때 미안하다는 말 대신 더 당당하게 굴거나, 모른 척하거나, 오히려 화를 내는 사람들. 그런 사람들을 볼 때마다 궁금했다. 왜 미안하다는 말을 안 하는 걸까. 정작 그들은 자신이 왜 그렇게 행동하는지 그다지 궁금해하지 않겠지만, 혼자서 여러 이유를 생각해봤다.

문제. 아저씨가 미안하다고 하지 않은 이유는?

① 지금까지 화냈던 게 무안해서

② 이제 와서 미안하다고 하면 체면을 구기니까

③ 끝까지 내 실수임을 인정하고 싶지 않아서

④ 뭐 이런 걸 가지고 사과를 해

말은 이렇게 하지만 나 역시 그런 적이 있다. 아침

만원 지하철에서 있었던 일이다. 지하철이 흔들리는 바람에 실수로 뒷사람 발을 밟았다. 지금 생각하면 왜 그랬는지 모르겠다. 미안하다는 말을 안 했다. '사람이 이렇게 많은데 발 좀 밟을 수도 있지'라고 생각했던 건지, '어쩔 수 없는 상황인데 굳이 사과까지 해야 하나'라고 생각했던 건지, 그것도 아니면 잠깐 제정신이 아니었던 건지.

모든 일에는 타이밍이 있듯 사과에도 타이밍이 있다. 발을 밟고 바로 사과했어야 했는데 안 하고 있다가 뒤에서 씩씩거리는 기운이 느껴졌다. '아, 사과해야겠구나'라고 생각했지만 이미 늦었다. 늦었다고 생각했을 때라도 빨리 했으면 좋았겠지만, 너무 늦었다고 생각해버리는 바람에 사과할 기회를 한 번 더 놓쳤다. 뒷사람의 씩씩거림은 점점 더 거세졌다. '이 사태를 어쩌지…' 하면서 뒷통수가 계속 화끈거린 채로 몇 정거장을 더 가서 숨막히는 지하철에서 내렸다. 끝내 미안하다는 말은 안 한 채로.

그 일이 두고두고 마음에 걸렸다. 미안하다는 말이 뭐 그리 어려운 일이라고. 잘못했으면 사과하는 것이 당연한데 그걸 왜 안 했을까. 발을 밟힌 사람은 하루 종일 얼마나 기분이 안 좋았을까. 그 뒤로는 사과에 조금 민감해졌다.

때를 놓치지 말자. 이런저런 핑계를 대지 말자. 잘못은 잘못이다. 그럼에도 불구하고 아직까지 사과가 그리 쉽지 않다. 사과에도 용기가 필요하다. 아예 사과할 일을 만들지 말자 다짐해보지만 사실 그건 불가능에 가까운 일이다.

가끔 어른들 중엔 자신이 잘못한 건 아는데 상대가 자신보다 어리다는 이유로 사과를 못하겠다는 사람들이 있다. 많이 답답하다. 사과하는데도 위아래를 따지는 건지. 사과를 하면 위신이 떨어진다 생각하겠지만 사과를 안 하고 버티는 게 오히려 위신을 더 떨어뜨리는 건데.

어느 때는 사과를 받긴 받았는데 기분이 더 나쁠 때도 있다. 마지못해 하는 사과가 그렇다.

"내가 그러려고 그런 건 아니었어. 내가 뭘 잘못했

는지 모르겠지만 어쨌든 미안해. 나도 어쩔 수 없었어."

깨끗이 잘못을 인정하고 그냥 미안하다고 하는 게 그렇게도 힘든 일인지, 끝까지 자존심을 지키고 싶은 건지. 사과 못하는 어른만큼 안쓰러운 것도 없는 것 같다. 물론 나도 안쓰러운 어른이지만.

무슨 이유인지 어른이 되어서

미안하다고 하는 게 어려워지곤 한다.

미안하다고 하는 게 뭐가 어렵다고.

때를 놓치지 않고 깨끗이 내 잘못을

인정하는 사과를 할 수 있어야지.

아무나 하기
어려운 대화

글쓰기 모임 구성원들만 볼 수 있는 온라인 카페에 구성원 한 명이 투자에 관한 자신의 생각을 담은 글을 올렸다. 워낙 글도 잘 쓰고 전달하고자 하는 메시지도 명확한 편이어서 역시나 이번 글도 읽기 쉽고 이해하기도 쉬웠다.

많은 사람들이 댓글을 달았다. '이해가 쏙쏙 된다', '투자 꼭 해야 한다는 말에 공감한다', '관심 없었는데 공부해야겠다' 등등 대체로 글쓴이의 의견에 동의한다는 댓글이었다. 그런데 그 속에서 유독 긴 댓글 하나가 눈에

띄었다. 투자를 해야 한다는 주장으로 제시한 논거에 오류가 있다는 얘기와 함께 투자는 꼭 해야 한다는 글쓴이의 주장에도 반대한다는 내용이었다. 난 경제 지식이 많지 않기 때문에 누구 말이 맞는지 판단이 서지 않았다. 솔직히 말하자면 누구 말이 맞든 그다지 관심이 없었다. 내 관심은 '이 상황이 어떻게 전개될 것인가'였다. 원글을 작성한 사람(이후 '원글 작성자'라 함)은 이 댓글에 어떤 반응을 보일지.

　원글 작성자가 대댓글을 달았다. 댓글보다 1.5배는 긴 글이었다. 읽기도 전에 심장이 콩닥거렸다. 과연 뭐라고 했을까. 혹시 분위기 싸한 글을 단 건 아닌지 떨리는 마음으로 읽는데 첫 줄에서 마음을 놓았다.

　'경험과 연륜이 느껴지는 댓글에 감동받았습니다.'

　뾰족함이라곤 없는 첫 문장을 보자 마음 놓고 뒷내용을 읽어나갔다. '상세한 설명을 듣고 보니 미처 몰랐던 부분이 있었음을 깨달았다. 그 부분은 더 공부해보겠다'는 말이 있었고 뒤로는 반대 입장에 다시 반박하는 내용의 글이 이어졌다.

여기까지만 해도 두 사람 다 꽤 멋진 어른이라고 생각했다. 반대 생각을 펼치는 것도, 반대 생각을 받아들이는 것도 쉬운 일이 아닌데. 머리로는 '쿨하게 받아들여야지' 하지만 이성은 어디 가고 흥분한 감정에 순간 실언을 하기도 하고, 감정을 감춘다고 감췄는데 말이나 글에서 '삐짐'이 삐져나오기도 하니까.

이 일은 여기서 일단락되는 줄 알았다. 그런데 댓글을 단 사람(이후 '댓글 작성자'라 함)이 이번엔 댓글이 아닌 게시글을 따로 올렸다. 그것도 '〈〈원글 제목〉〉에 대한 의견'이란 제목으로. 제목만 보고 나는 다시 심장이 두근거렸다. 어떤 내용일지 걱정 반, 설렘 반으로 게시글을 클릭했다. 지난 댓글에서 말했던, 논거에 문제가 있다는 이야기에서 나아가 전제 자체가 잘못됐다는 말과 함께 그 이유에 대한 자세하고 긴 설명이 담겨 있었다.

역시나 부족한 지식으로 인해 이해할 수 없는 내용들이었고, 마찬가지로 크게 관심도 없었다. 다만 댓글 작성자는 이미 끝난 이야기를 들춰 자신이 이 글을 왜 쓰는지에 대해, 부디 단순한 비판으로 여기지 말아주길 바란다고 밝혔다. 글을 쓰는 모임인 만큼 글에 대한 발전적 지적으로 생각해줬으면 한다는 말이 인상 깊게 다가왔다.

논리적 근거를 대는 것도 아무나 할 수 있는 일은 아니지만 반대 입장을 굳이 이렇게까지 밝히는 것도 쉬운 일은 아니다. 꽤 많은 시간과 에너지가 필요하고 그 배 이상의 배려와 세심함이 필요하다. 자칫 오해를 불러일으킬 수도 있으니 한편으로는 용기도 필요한 일이다.

이 글을 본 원글 작성자가 댓글을 달았다. 대략 이런 내용이었다. 이 글과 내가 쓴 글을 다시 읽어봤다. 내 글에서 논리가 많이 부족했음을 느낄 수 있었다. 상세한 의견 감사하다. 지금까지의 내 투자 방식에 대해서도 다시 한 번 생각하는 계기가 됐다. 이분도 보통은 아니란 생각이 들었다.

더 대단한 건 다음 날 둘이서 약속을 잡아 만난다는 사실이었다. 만나서 못다 한 경제 이야기를 나눈다며 관심 있는 사람이라면 함께하자고 했다. 우와, 이 사람

들 뭐지? 보자마자 '저요! 저 갈게요!'라고 외치고 싶었지
만, 아는 게 너무 없어서 괜히 폐만 끼칠 것 같아 참았다.
영화 보면서 '이건 뭐야?', '저건 뭐야?' 끈질기게 질문해
대는 것처럼 귀찮은 것도 없는데, 괜히 참석했다가 '그건
무슨 말이에요?', '그게 무슨 뜻인가요?'라고 할 수는 없
으니. 그렇다고 아는 척하기에도 한계가 있고, 척하는 것
에 그다지 소질도 없었다.

　　이전에 몇몇 부동산 카페를 들락날락한 적이 있었
다. 조금 관심이 있기도 했고, '계속 보면 뭐라도 주워듣
는 게 있겠지' 싶었다. 그런데 올라오는 글과 댓글을 보
다 보니 저절로 눈살이 찌푸려졌다. 새로운 글 하나가 올
라오면 꼭 내용에 반대하거나 비난하는 댓글이 달리고,
이에 기분 상한 원글 작성자나 혹은 제 3자가 다시 그 댓
글을 맹비난하는 식이었다.
　　그때부터 싸움은 본격적으로 시작되었다. 그리고
싸움은 유치찬란의 끝을 달렸다. '그러니까 평생 그렇게
사는 거다', '내가 어떻게 사는지 봤냐', '너보다는 잘 산
다', '말하는 거 보니 내가 너보다는 잘 살 것 같다' 식이

었다. 저기요! 여기서 뭣들 하시는 건지…. 이쯤 되면 진심으로 어떤 사람들인지 얼굴 한번 보고 싶어진다. 왠지 소름 끼칠 정도로 말끔하게 생겼을 것 같다. 누가 봐도 엘리트처럼 생겼거나. 왜 가끔 그런 경우 있지 않나. 변태를 잡고 보니 주변 사람들 사이에서는 세상 순수하고 얌전하고 말수도 적은 경우.

이런 일은 비단 온라인에서만 일어나는 것은 아니다. 실생활에서도 어렵지 않게 볼 수 있다. 물론 익명을 무기로 삼는 온라인에서만큼 수위가 높지는 않지만, 누군가의 말을 배려 없이 쉽게 비난하고, 그 비난에 감정이 상해 상대 역시 감정이 상할 만한 말을 골라 되받아치고. 그러다 보면 대화는 서로 흠집 내기로 변질되고, 발전적 대화는커녕 상처만 남는, 안 하느니만 못한 대화로 끝난다.

어느 때는 나름 고민하다 조심스럽게 반대 의견을 얘기했는데 내 의도나 진심은 무시한 채 반대했다는 사실 하나만으로 불쾌하게 여기는 사람들도 있다. 그럼 '역시 말을 하는 게 아니었는데…' 하는 생각이 절로 든다.

이런 일을 몇 번 경험하면 자기 생각을 이야기하는 일에 소극적이게 되고, 대화 자체를 피하게 되기도 한다. 피곤해질 일을 아예 만들지 않는다.

나 역시 그랬다. 상대방의 반응을 멋대로 예상하고 피곤할 일이 생기지 않게 미리 차단했다. 그렇기에 내게 글쓰기 모임에 있는 두 사람의 대화는 꽤나 신선할 수밖에 없었다. 대충 넘어갈 수 있는 일을 피하지 않았고, 누군가의 의견에 감정적으로 대하지 않았고, 서로의 주장에서 인정할 건 인정하고 생각이 다른 부분은 정중하면서도 확실하게 표현했다.

두 사람은 다음 날 만나서 어떤 이야기를 나누었을까? 꽤 근사한 대화가 오갔을 거라는 확신이 선다. 대화는 이래야 하는데. 특히나 어른의 대화는. 논점을 벗어난 흠집 잡기는 많이 지치는데. 하는 것도 보는 것도.

PART. 2

사랑할 수 있고
사랑받는 어른이
되어야지

너의 입장이 되어서
하는 사랑

드라마나 영화, 그리고 현실에서도 '나 사랑해?', '얼마큼 사랑해?'라는 대사가 자주 들린다. 그럴 때마다 '그걸 왜 묻지?' 싶다. 사랑한다는 말이 듣고 싶어서 묻는 건지. 진짜 몰라서 묻는 건가? 그런 거라면 굳이 묻지 않아도 되지 않을까 싶다. 상대방이 자신을 사랑하는지 느끼지 못한다면 둘 중 하나다. 상대방이 나를 사랑하지 않거나, 내가 그 사랑에 만족하지 못하거나. 그게 아니고 사랑한다는 말이 듣고 싶은 거라면 비겁하게 묻지 말고 자신이 먼저 사랑한다고 하면 안 되나?

M은 술만 마셨다 하면 사랑 타령이다. 술에 조금 취하면 '넌 남편 사랑하니?'로 시작한다. 뭘 남의 사랑까지 궁금해 하나 싶다. 관심 분야가 그렇게 없는 건지 아님 호기심이 많은 건지. 그런 호기심으로 다른 걸 좀 배워보면 어떨까 한다만 뭐 어쨌든.

그날도 사랑이 어쩌고 하길래 M에게 물었다.

"사랑이 뭐라고 생각해?"

"사랑이 뭐긴…."

답이 없다. 다른 얘기로 화제를 돌린다. 답도 못하면서 뭘 그렇게 사랑 타령을 하는지. 참 신기한 캐릭터다. 정신이 멀쩡할 때는 '사랑은 무슨. 가족끼리 그러는 거 아냐'라던 M은 알코올만 들어가면 여기저기 묻고 다닌다. 남편 아니면 아내를 사랑하냐고. 사랑한다면 '사랑하면 됐어!'라며 자기가 안심을 한다. M은 단순히 오지랖이 넓은 걸까, 아니면 본인의 결혼 생활이 불만족스러운 걸까. 난 후자에 더 힘을 싣고 있지만 그건 직접 들어보지 않고는 모를 일이다.

어떤 사람들은 사랑의 어원이 사량(思생각 사 量헤아릴

량)이라고도 한다. 누군가를 사랑하면 맛있는 음식을 먹을 때나, 아름다운 풍경을 볼 때나, 시시때때로 그 사람 생각을 많이 하게 된다는 뜻에서 사랑이 사량으로부터 비롯됐다는 것이다. 하지만 난 좀 생각이 다르다. 생각만 많이 하면 뭐 하나? 사랑 받는 사람이 느끼지 못하면 아무 소용이 없는 걸. 생각을 많이 해줬다고 뭐가 달라지는 것도 아니고. 생각을 많이 한다고 사랑이면 사랑하지 못할 사람이 어디 있을까. 너무 꼬였나? 맞다. 내가 좀 꼬였다.

사랑은 단순히 그 사람 생각을 많이 하는 것이 아니라 그 사람 입장이 되어 생각하는 것 아닐까. 그 사람이 바라는 것과 바라지 않는 것, 그 사람이 추구하는 것이 뭔지 정도는 알고, 그걸 인정하고 배려하고 존중해주는 것까지가 사랑이라고 생각한다. 그저 보고 싶고, 생각나는 게 사랑이 아니라.

다시 말하면 '감정'에만 그치는 것이 아니라 '행동' 해야 진짜 사랑이 아니겠냐는 말이다. 말로는 사랑한다면서 상대방이 싫어하는 행동을 계속한다면, 사랑한다면서 상대방의 모습을 있는 그대로 받아들이려는 노력

대신 상대방에게 자신이 생각하고 바라는 모습으로 되어주길 끊임없이 요구한다면 그건 절대 사랑이라 할 수 없을 것이다.

이런 사람들이 있다. 사랑한다면서 상대방이 뭘 원하는지 관심도 없고 오로지 자신이 해주고 싶은 방식의 사랑을 주는 사람들. 돈이 많으면 돈으로 사랑을 표현하고, 시간이 많으면 시간으로 표현하고. 상대방 입장보다 자기 입장에서 그에 맞는 사랑을 주는 사람들. 그러면서 상대방이 별 반응을 보이지 않으면 내가 이렇게까지 사랑하는데 너는 왜 그러지 않냐며, 왜 몰라주냐며 섭섭함을 드러낸다. 때로는 고마운 줄도 모른다고 화를 내기도 한다.

식물을 사랑한다는 사람이 있다고 해보자. 그가 식물의 특징도 모른 채 물을 자주 주면 안 되는 화초에 매일같이 정성스럽게 물을 주고, 햇볕보다 그늘을 더 좋아하는 화초를 햇볕 잘 드는 곳에 놓아준다면? 반대로 매일 물을 줘야 하는 화초에 생각날 때 한 번씩 넘치게 물을 준다면 화초 입장에서는 그걸 사랑이라고 느낄까? 사랑이기보다는 어쩌면 고통에 더 가깝지 않을까?

사랑한다면서 아이 말에 귀 기울이지 않고 자신이 원하고 생각하는 것만 줄곧 얘기한다면 아이는 분명 이렇게 생각할 것이다. '사랑한다며?' 잠시라도 혼자만의 시간을 갖고 싶은 아내인데 온종일 가족과 함께하는 빽빽한 일정을 제시하며 이미 예약까지 마쳤다는 남편에게서 과연 아내는 사랑을 느낄까? 거기다 한 술 더 떠 '나 같은 남편이 어디 있냐?'고 한다면?

'나 사랑해?'보다 고개가 더 갸웃거려지는 질문이 하나 있다.

"날 사랑하긴 해?"

자신은 상대방을 사랑한다고 생각하겠지만 사실은 있는 그대로의 상대방을 사랑하는 게 아니라 자신을 사랑해주는 상대방, 자신이 원하는 대로 맞춰 행동하는 상대방을 사랑하는 게 아닌가 싶다. 그런 사랑을 사랑이라 할 수 있을까. 오해하지 말자. 어디까지나 내 생각이다.

말로만 하는 사랑, 감정만 내세우는 사랑은 더 이상 사랑이라고 느껴지지 않는다. 사랑한다는 백 마디 말보다 배려하고 존중해주는 작은 행동 하나가 더 마음에 와 닿는다. 물론 사람에 따라서는 사랑한다는 백 마디 말이 더 좋다는 사람도 있겠지만.

단순히 그 사람 생각을 많이 하는 것이 아니라

그 사람 입장이 되어 생각하는 것이 사랑 아닐까.

그 사람이 바라는 것과 바라지 않는 것과

추구하는 것을 인정하고 배려하고 존중해주는 것.

아이 때문 아니고
아이 덕분에

직장 생활이 하나도 즐겁지 않던 때가 있었다. 하는 일이 전망도 없어 보였고 '이대로 살다가는 십 년 뒤에도 이십 년 뒤에도 똑같은 일을 하고 있겠구나' 하는 암울함을 떨쳐버릴 수 없었다. 이런 내게 남편은 공부를 더 해보는 건 어떤지 제안했다. 나도 같은 생각이었다. 지금 뭔가 시도하지 않으면 앞으로는 더 기회가 없을 거란 걸 잘 알고 있었다.

여러 궁리를 했다. 그런데 아무리 생각해도 계속 걸

리는 게 아이였다. 직장을 다니면서 공부도 하고 아이도 보는 건 아무래도 무리가 있어 보였다. 셋 중 어느 것도 만족스럽지 않을 게 뻔했다. 특히 그중 제일 많이 희생을 하는 건 아이일 게 분명했다.

그럴 수는 없었다. 이어서 드는 생각은 직장을 아예 그만두고 공부에 몰두하는 건데 직장을 그만두면서까지 뭔가를 도전하는 게 잘하는 일인지, '별다른 성과를 내지 못하면 어쩌지?' 하는 불안감이 몰려왔다. 거기다 내가 직장을 그만두면 당장 수입이 줄어드는데 그럼 아이를 맡기는 데 드는 비용을 어떻게 감당할지 대책이 서지 않았다. 그렇다고 아이를 맡기는 시간을 줄이면 직장까지 그만두고 공부를 하는 게 아무 의미가 없을 것 같았다. 이런저런 궁리를 하다 남편에게 물었다.

"그럼 애는 어떡해?"

남편도 뾰족한 답이 없었다. 일단 시작하면 어떻게든 방법이 생기지 않겠냐고 했다. 그 말만 믿고 뭔가를 시작할 수는 없었다. 새로운 도전은 포기했다.

대신 회사를 옮기는 쪽을 고민했다. 여기저기 이직

할 곳을 알아보면서 가장 먼저 확인한 건 일이 많은지, 야근이 많은지였다. 일 많고 야근이 많다는 말이 들리면 무조건 패스했다. 그럼 늦은 시간까지 집에서든 회사에서든 일을 또 해야 하는데, 아이를 더 오래 남의 손에 맡길수는 없었다. 그렇게 늦게까지 맡아줄 곳도 없었고 사람 찾기도 힘들었다. 그것도 그렇지만 내 마음이 편하지 않을 것 같았다. 하루 종일 엄마 없이 지냈는데 퇴근하고 와서 또 일을 한다며 아이를 혼자 두게 하고 싶지는 않았다.

　　일이 많은 회사를 패스하니 다음으로 고려할 사항은 집과 회사와의 거리였다. 너무 멀면 이동 시간이 길어져 퇴근이 늦어지고, 게다가 아침에 아이를 유치원이나 학교에 보내고 출근할 수가 없었다. 이런저런 것들을 따지고 고민하다 보니 결론은 제자리였다. 그냥 있자.

　　회사를 오래 다니면서 몸이 좋지 않았다. 목과 어깨결림은 기본에, 등이랑 허리는 뻐근하고, 심한 날은 손가락, 발가락까지 찌릿찌릿했다. 거기다 두통도 계속 따라다녔다. 남편은 그런 내게 운동을 권했다. 온종일 컴퓨터 앞에서 구부정하게 앉아 있으니 몸이 안 좋은 거라며. 나도 운동이 절실히 필요하단 생각은 했다. 주말에 산책이라도 하면 허리가 아파 오래 걷기가 힘들 정도였으니.

그런 상태인데도 주말에 잠깐 걷는 것 외에는 주중에 따로 시간을 내서 운동을 하지는 않았다. 이때도 마음에 걸리는 게 아이였다. 하루 종일 떨어져 있다가 저녁에 잠깐 시간을 같이 보내는데 이 시간마저 나를 위해 쓰는 건 아이에게 너무 미안한 일이지 싶었다. 그렇다고 특별히 뭔가를 해주는 건 없었다. 기껏해야 숙제 봐주고, 준비물 챙겨주고, 조금 더 신경 쓴 날은 책 읽어주는 정도가 다였다. 그래도 왠지 이거라도, 엄마로서 최소한 이 정도는 해야 하지 않을까 싶었다.

이러면서도 늘 뭔가를 아쉬워했다. '아이만 아니었으면 나도…'란 생각이 항상 따라붙었다. '아이만 아니면 나도 새로운 것에 도전도 해보고, 공부도 더 하고, 회사도 옮기고, 운동도 좀 할 텐데….'

아이를 사랑하는지 아닌지의 문제와는 별개였다. 엄마가 아닌 개인으로서 내 인생을 돌아봤을 때 해보지 않고 포기한 것들에 대한 아쉬움이 늘 자리하고 있었다.

그럴 때마다 잘 커가는 아이를 보며 스스로 위안을 얻었다. 그때 아이를 더 생각하길 잘했다며, 아이 말고 다른 쪽을 선택했더라면 아이가 더 고생했을 거라고 스스로를 다독였다.

이렇게 오랜 시간을 보냈다. 그리고 나는 몇 해 전 퇴사를 했다. 요즘 들어 많은 생각이 든다. 내가 잘 살아온 건가? 그동안 맞는 선택을 한 건가? 정말 아이를 위한 게 맞나? 다른 대안이 없었을까? 그게 최선이었을까?

생각을 거듭할수록 점점 대답에 자신을 잃어갔다. 어쩌면 그동안 나는 아이를 위해서 나를 희생한 게 아니라 아이 핑계를 대며 안주했던 게 아닐까. 아이를 위해서라는 핑계를 대면서 실은 내가 편한 길을 택하고, 아이를 방패 삼아 도전이 두려워 회피했던 건 아닌지.

결국은 아이 '때문에'가 아니라 아이 '덕분에' 맘껏 나태할 수 있었던 건 아닌가 하는 생각이 들었다.

예상은
예상일 뿐이야

어릴 때 엄마에게 자주 듣던 말이 있다.

"엄마가 뭐라 하면 '네, 알았어요'라고 하는 게 아니라 꼭 말대답이야."

들을 때마다 의아했다. 왜 내 대답을 엄마가 정해? 왜 항상 '네, 알았어요'라고 해야 하는데?

아이가 자라면서 점점 내가 하는 말에 이런저런 의문을 제기하거나 반대 의견을 내는 일이 많아졌다. 예전이라면 한마디로 끝날 이야기였는데 '이건 이렇게 되는 거 아니야?', '그럼 이건 어떻게 생각해?', '그건 좀 말이 안 되는 거 아니야?', '전에 한 말이랑 다르잖아' 등이 이어지면서 아이에게 답해줘야 할 말이 많아졌다.

웬만하면 하나하나 다 대답해주려 한다. 어릴 때 내가 하는 말이 몽땅 '말대답'이란 말로 쉽게 무시됐던 기억이 싫어서. 그렇지만 매번 성의를 가득 담지는 못한다. 피곤하거나 생각할 게 많은 날은 목소리에서부터 귀찮음이 티가 나나 보다. 아이는 대번에 '귀찮구나?'라고 묻는다. 한번은 나도 모르게 '그냥 좀 알았다고 하면 안 돼?'라는 말을 해버렸다. 말해놓곤 아차 싶었지만 이미 뱉은 말. 급히 '아니다. 뭐? 무슨 말 하려고 했어?'라고 다시 물었지만 아이 기분은 이미 상한 듯 보였다. 뭐라 수습하기 어려웠다. 내가 그렇게 듣기 싫어했던 말인데….

몸과 마음이 한없이 지치다 보면 누군가에게 투정을 부리고 싶어질 때가 있다. 마침 옆에 누군가 있다면, 그것도 아주 친하거나 언제나 내 편일 거라 믿는 사람이 있다면 마음 놓고 한껏 투정을 부리게 된다. 그들에게 바라는 건 '많이 힘들구나', '그렇게 힘들어서 어떡해', '짜증 많이 났겠네' 같은 위로의 말이다. 그런데 기대한 바와 다르게 울적한 마음에 아예 찬물을 끼얹는 반응들이 있다. '사는 게 다 힘들지. 안 힘든 게 어디 있어', '그 정도 가지고 힘들면 어떡해' 같은 냉정하기 그지없는 말이 돌아오면 마음이 확 상한다. 그냥 좀 들어주면 어디가 어때서. 짜증 좀 받아주면 어디 큰일 나지? 투정을 부리기 전보다 더 짜증이 난다. 아직 안 가고 뭐하니. 저리 좀 가줄래?

그런데 한참 뒤에 감정을 조금 추스르고 생각해보면 상대방이 무슨 죄가 있나 싶다. 상대방은 그냥 자기 생각을 말했을 뿐인데. 굳이 죄가 있다면 눈치가 좀 없다는 거? 공감 능력이 심각하게 떨어진다는 것 정도랄까.

나이를 먹고 이런저런 경험이 쌓이다 보면 세상일들이 예상대로 되지 않는다는 것쯤은 알게 된다. 그래서 점점 예상하기를 포기하기도 한다. 어차피 예상해봤자 내 예상대로 안 되는 일이 더 많으니까. 차라리 의미 없는 예상 대신 하루하루를 그리고 순간순간을 열심히 사는 게 낫겠다 싶기도 하다.

그런데도 유독 사람의 경우에는 포기가 잘 안 되는 것 같다. 분명 의미 없는 예상인데, 그리고 그 예상은 항상 빗나간다는 것도 아는데 나도 모르게 자꾸 사람에게 기대하고 예상한다. '이렇게까지 하는데 마음을 몰라줄까?', '설마 힘들다는 데도 모른 척할까?', '이 정도 말하면 알아듣겠지', '눈치가 있으면 알아서 하겠지', '좀 어려워도 내가 하는 부탁은 들어주겠지', '이 정도는 챙겨주겠지' 등등. 늘 그렇듯 예상은 예상일 뿐이고 기대 역시 기대일 뿐이다. 그럼 그렇지! 혹시나 하고 기대한 내가 바보였다는 것만 재차 확인하고 나면 섭섭함과 배신감이 한꺼번에 밀려온다. 애써 그럴 수도 있다고 해보지만 마음은 쉽게 진정되지 않는다. 생각할수록 열 받네. 어떻게 나한테 이래?

인생엔 정답이 없다는 것도 이쯤 되면 너무나도 잘 아는데 사람에게만은, 특히 가까우면 가까울수록 그에게 내가 정한 정답을 기대한다. 그것도 '네, 알았어요. 엄마' 같은 교과서에나 나올 법한 모범 답안을. 애초에 섭섭할 만반의 준비를 하고 있는 거나 다름없다.

살면서 내가 정한 예상 답안만 줄여나가도 삶이 좀 가벼워지지 않을까. 그럼 훨씬 더 편한 마음으로 '그럴 수도 있지'라며 더 많은 것들을 받아들일 수 있지 않을까.

얼마 전에 아들은 중간고사가 끝났다. 내 기준엔 시험 점수가 썩 좋지 못했다. 그런 아들에게서 '기말은 더 열심히 해야 되겠어'란 말이 나올 거라 난 생각했다. 내 예상을 뒤집고 아들에게서 나온 말은

"난 만족해!"

"만족한다고? 엄마가 보기엔 만족하면 안 될 거 같은데?"

"왜?"

역시 예상은 예상일 뿐이다.

살면서

내가 정한 예상 답안만 줄여나가도

삶이 좀 가벼워지지 않을까.

그럼 훨씬 더 편한 마음으로

'그럴 수도 있지'라며

더 많은 것들을 받아들일 수 있지 않을까.

딸이니까
엄마를 닮았겠지

엄마는 할머니를 많이 닮았다. 외모는 할아버지를 닮았지만 말투나 성격이 할머니를 똑 닮았다. 특히 인생에 대한 한과 원망이 잔뜩 묻어서는 화를 내는 건지 하소연을 하는 건지 알 수 없는 퉁명스런 말투는 완전 판박이다. 할머니가 하는 말을 엄마가 그대로 했고, 엄마가 하는 말이 할머니 입에서 그대로 튀어나왔다. 하루만 지나도 뉴스에 새로운 이야기가 쏟아지는데, 엄마와 할머니 사이에는 한 세대가 걸쳐 있으면서도 어떻게 이렇게 하는 생각도 비슷한지 신기하다.

어렸을 적 엄마에게 '엄마! 할머니랑 똑같애. 완전 할머니 같아'라고 하면 엄마는 분명 좋은 기색이 아니었다. 가끔은 '지랄하네. 어디가 똑같애'라며 혼잣말을 하기도 했는데, 그때 확신했다. 엄마는 할머니랑 닮았다는 말을 싫어하는구나.

엄마는 아빠에게 가끔씩 '당신은 어쩜 그렇게 아버지랑 똑같애'라고 했다. 당시 상황과 억양으로 미루어봤을 때 좋은 의미로 하는 말은 아니었다. 주로 아빠에게 불만이 있을 때 엄마는 이런 말을 했다. 아빠는 별 대꾸하지 않았다. 그렇지만 엄마와 괜히 말싸움으로 번질까 애써 흘려듣는 척한다는 것을 어린 나는 알 수 있었다. 엄마는 여전히 이 말을 한다.

"나이 먹으니까 더 아버지 같애."

지금은 물론 단순히 외모가 닮았다는 의미로 하는 말이다.

나는 외모로 보나 성격으로 보나 아빠를 많이 닮았다. 짤막하고 두꺼운 골격도 그렇고, 감정 기복이 심하지 않은 것도 그렇고, 생각이 많은 것도 그렇고. 어딜 가나 아빠 닮았다는 소리를 들었다. 워낙 어려서부터 듣기도 했고, 아빠 딸이니 아빠를 닮았다는 말에 예민할 이유가 없었다. 그런데 어느 순간부터, 정확히 따지면 결혼해 아이를 낳은 후부터는 엄마 닮았다는 소리를 듣기 시작했다. 처음 몇 번은 흘려들었다. 남편 역시 내가 엄마를 닮았다고 했다. 남편이 이런 말을 할 때는 엄마가 아빠에게 '당신은 어쩜 그렇게 아버지랑 똑같애'라고 할 때와 뉘앙스가 아주 비슷했다. 그럼 나 역시 '자기도 아버지랑 똑같애'라 말하고 싶었지만 하지 않았다. 그게 어떤 의미인지, 그리고 남편의 반응이 어떨지 너무나도 잘 알기에.

나이를 먹을수록 나와 엄마가 닮았다고 하는 사람이 많아졌다. 그럼 전과 달리 '그런가?' 하게 되고 집에 와서는 거울을 유심히 보게 됐다. 그런 것 같기도 하고 아닌 것 같기도 하고. 몇 해 전부터는 아이가 '엄마, 그러고 있으니까 할머니 같다'라는 말을 하기 시작했다.

최근에 머리를 짧게 잘랐다. 그날따라 긴 머리카락이 귀찮게 느껴져서였다. 인터넷에서 원하는 길이와 스

타일의 사진을 하나 골라 캡처해 두고 바로 다음 날로 미용실 예약을 했다. 담당 선생님은 캡처한 사진을 슬쩍 보고서는 알았다며 거침없이 머리를 싹둑싹둑 자르기 시작했다. 선생님의 손놀림이 탄력을 받아 빨라질수록 조금 더 생각해볼걸 그랬나 하는 뒤늦은 후회가 들었지만, 머리카락은 이미 잘려나간 뒤였다. 드라이를 하고 옷에 묻은 머리카락까지 털어냈다. 코로나로 인해 마스크를 벗을 수 없어서 짧아진 머리가 어울리는 것 같기도 하고 아닌 것 같기도 하고 알쏭달쏭했다. 그래도 가벼워진 머리 길이만큼 기분은 상쾌했다.

상쾌한 기분으로 집에 돌아와서 그제야 마스크를 벗었다. 나를 본 아이의 첫 마디는

"우와! 할머니 같다."

순간 기분이 확 상했다. 아이의 '할머니 같다'는 말을 나이가 들어 보인다는 말로 잘못 알아들은 건 아니었다. 내가 아이의 할머니 즉 엄마를 닮았다는 말이 하고 싶었다는 것쯤은 충분히 알고 있었다. 그런데도 기분이 별로였다. 이후에도 종종 아이는 내가 소파에 기대어 구부정하게 앉아 있을 때나 멍하니 TV를 보고 있을 때면

'엄마, 할머니랑 똑같다'는 말을 했다. 이상하다. 이 말이 왜 이렇게 거슬릴까. 아이는 다른 뜻을 가지고 말한 게 아닌데도 기분이 썩 유쾌하지 않았다.

"알았어. 얼른 너 할 거나 해."

이게 그렇게 기분 상할 일인가. 나조차도 당혹스럽지만 내 기분이 그런 건 나도 어쩔 수가 없다.

이젠 거울을 볼 때마다 나도 내 모습에서 언뜻언뜻 엄마를 본다. 특히 눈매는 엄마를 꽤 많이 닮은 것 같기도 하다. 엄마의 눈매는 차갑고 날카롭다. 그런 반면 어딘가 피곤하고 지쳐 보인다. 조금만 인상을 써도 잔뜩 짜증이 나 보인다. 그런 눈을 내가 닮았다. 물론 나이 든 엄마의 눈에서 이제 날카로움은 찾기 어려웠지만 가는 뼈도 있고 작은 얼굴도 있는데 하필이면 눈을 빼닮을 건 뭐람.

요즘은 누가 날 보고 엄마를 닮았다고 하면 '딸이니까 엄마를 닮았겠지'라고 덤덤하게 답한다. 썩 내키지는 않지만 어쩔 수 있나. 엄마 딸인데.

나를
위한 거였으면서

    하루는 날을 잡고 아이 물건을 정리하기로 했다. 학용품은 꼭 한두 번 쓰고 잊을 만하면 다음 학년에서 다시 가져오라는 일이 있어 그동안 선뜻 버리지 못하고 차곡차곡 쌓아두었다. 그게 초등학생 때부터 시작되어 아이가 고등학생이 된 지금까지 이어졌다.

    학용품 상자를 열어보니 색연필, 색종이, 리코더, 멜로디언, 실로폰, 줄넘기 등등 이젠 더 이상 쓰지 않을 것들이 가득했다. 버릴 물건을 하나씩 골라내는데 갑자기 이런 생각이 들었다. '내가 애를 잘 키운 게 맞나?' 상자 옆으로 버리는 물건들이 쌓여갈수록 마음이 무거워졌다. 상자 안에는 똑같은 물건이 서너 개씩 들어 있었다. 색종이가 수두룩하게 나왔고, 한 번도 쓰지 않은 형형색색의 색연필이 몇 개씩이나 되었다. 아마 자주 쓰는 색한두 개가 떨어졌다고 하면 다 쓴 색을 채워주는 게 아니라 아예 새 것 한 세트를 사줬겠지. 포장도 뜯지 않은 연필, 사인펜, 물감 세트와 붓은 크기별로 넘쳐났다.

장난감 상자는 아직 열지 않았지만 상황이 어떨지는 안 봐도 알 것 같았다. 조립도 하지 않은, 앞으로도 갖고 놀 일 없을 어마어마한 레고 박스는 미련 없이 버리기로 하고, 추억이 담긴 장난감을 제외하고 나머지 것들도 버리기로 했다.

우리 부부는 아이가 중학교 2학년이 될 때까지 줄곧 맞벌이를 했다. 아주 어릴 때는 부모님께서 아이를 봐주셨고, 조금 더 자라서는 아침 일찍 아이를 어린이집이나 유치원에 맡기고 저녁 늦게 데려왔다. 학교에 입학하고 나서부터는 방과 후에 이모님이 봐주거나 엄마가 왔다 갔다 하셨다. 고학년쯤 되니 아이가 이모님을 불편해 하기도 하고, 혼자 있을 수 있겠다 싶어 혼자 지내기로 했다. 학교가 끝나고 돌아오면 혼자서 학원도 가고, 학원 이 없는 날은 혼자 쉬면서 간식도 챙겨먹었다. 그러다 보 니 아이에게 항상 미안한 마음이 있었다. 그 미안한 마음 을 우리 부부는 대체로 돈으로 메꿔주려 했다. 좋은 학용 품, 좋은 장난감, 좋은 옷, 잦은 해외여행 등으로. 이런 것 들을 해주면서 잊지 않는 한마디가 있었다.

"이런 게 당연한 게 아니야. 엄마 아빠가 열심히 일 하고 버니까 이런 것도 해주고 하는 거야."

그럼 아이는 항상 '네, 알아요. 고마워요'라고 했다. 당시에는 아이가 모든 걸 당연하게 여길까 싶어서 그랬 지만, 지금 생각해보면 생색 그 이상도 그 이하도 아니었 다. 그런 게 다 뭐라고.

내가 초등학교 1학년쯤 되었을 때 부모님께서 손목 시계를 사주셨다. 아마도 우리 동네 또래 아이들 중에서 손목시계를 차고 다닌 아이는 내가 유일했던 것 같다. 믿 을 만한 사실인지는 모르겠지만 엄마가 항상 '부잣집 P

도 손목시계는 안 사줬는데'라고 한 걸 보면 그렇다. 사실 그 손목시계가 어떻게 생겼던지 전혀 기억나지 않는다. 심지어 전자시계였는지 아날로그시계였는지도 기억이 안 난다.

그런데도 엄마는 잊을 만하면 한 번씩 그 얘기를 꺼낸다. 내 나이가 마흔을 넘어 몇 년 있으면 쉰인데 초등학교 때 사준 손목시계 얘기라니. 그만큼 부모님에게는 오직 자식 생각 하나로 없는 살림에 무리해서 사준 비싸고도 특별한 손목시계였는지 모르겠지만 어린 내게는 그냥 손목시계였다. 선물을 좋아하지 않는 사람이 어디 있을까. 물론 시계를 받고 신이 나서 동네 아이들에게 은근슬쩍 자랑도 한 기억은 있다. 하지만 자랑거리 이상 큰 의미는 내겐 없었다.

쌓여 있는 옛 물건을 보면서 '이 물건들은 누구를 위한 거였을까'란 생각이 들었다. 과연 아이를 위한 물건이었을까? 아무리 생각해봐도 아이보단 나를 위한 물건이었던 것 같다. 보호자가 필요했을 때 오래 같이 있어주지 못한 미안함과 아쉬움을 애써 물건들로 채워주려 했던

건 아닌지. 필요할 때 곁에 없는 대신 물질적으로라도 풍
요롭게 해주자는 나름의 다짐 혹은 위안이 아니었을까.

　아이는 이런 것들에서 얼마나 위안을 얻었을까. 얼
마나 허한 마음이 채워졌을까. 어렸을 때 내게 손목시계
가 그냥 손목시계에 불과했던 것처럼 아이에게도 물건
들은 그냥 물건, 여행은 그냥 여행이지 않았을까. 하도
엄마, 아빠가 생색을 내니까 말로는 고맙다고 했지만 속
으로는 '이게 뭐라고'라고 하진 않았으려나.
　종종 외롭다는 아이에게 난 모질게도 '대신 너는 엄
마 아빠가 해달라는 거 다 해주잖아. 여행도 자주 가고'
라고 했다. 이 말 역시 아이에게 한 게 아니라 나에게 했
던 말이 아니었을까 싶다. 이렇게라도 말해야 마음이 덜
아플 것 같아서.

　문득 내가 하는 모든 행동은 누구를 위한 것일까 싶
다. 부모님을 위하는 척, 남편을 위하는 척, 친구를 위하
는 척, 동료를 위하는 척, 누군가를 위하는 척하지만 알
고 보면 전부 나를 위한 행동들은 아닌지. 그래도 할 도

리는 했다는 마음의 평화를 얻기 위해, 그래도 신경 썼다는 안도감을 얻기 위해, 그래도 챙길 건 챙겼다는 떳떳함을 갖기 위해, 나중에 해준 게 뭐냐는 말을 듣지 않기 위해, 혹은 특별한 이유 없이 내가 그러고 싶어서. 순전히 나를 위해서. 내 마음이 편안하기 위해.

나를 위해 한 일들에 어쩌자고 그렇게 생색을 내고 다녔던지. 대놓고 드러내지 않을 땐 속으로 은근 '고마워하겠지?'란 음흉한 생각까지 했으니 사람이 뻔뻔해도 이렇게 뻔뻔할 수가 있나 싶다.

결혼 그거
꼭 안 해도 되잖아

〈미운 우리 새끼〉라는 예능 프로그램이 있다. 매회 빠지지 않고 나오는 말이 바로 '결혼'이다. 프로그램의 콘셉트가 늦게까지 결혼하지 않았거나 혹은 이혼해 혼자 사는 자식들의 일상을 지켜보는 것이지만, 결혼만 하면 모든 게 해결될 것처럼 '결혼! 결혼!' 하는 걸 보면 가슴이 답답해진다.

〈나 혼자 산다〉라는 프로그램 역시 비슷하다. 역시 혼자 사는 사람들이 나오는 프로그램이라 결혼 이야기가 빠질 수 없는데, 가끔 출연자의 부모님이 나와서 '결혼을 해야 하는데…'라고 하면 보고 있는 내가 숨이 턱턱 막힌다. '내 마지막 소원이 너 결혼하는 거다' 같은 말이라도 들을 때면 온몸이 오싹해지기까지 한다.

결혼하면 지금보다 더 행복해질 거라고 어떻게 그렇게 장담들을 하는 건지. 살아봤으면서. 어른들에게 묻고 싶다. 결혼만 하면 모든 게 다 해결되는 건가요?

혼자서도 바쁘고 즐겁게 주체적인 삶을 사는 사람들을 보면 난 오히려 '결혼하면 저런 거 다 참고 살 수 있을까?' 하는 생각부터 든다. 결혼이 무조건 참고 희생해야 하는 것만은 아니지만 어느 정도 서로 타협이 필요한건 분명한 일이다. 같이 사는 사람에 대한 배려는 기본적으로 있어야 하니까. 혼자 있을 때처럼 맘껏 자유로울 수는 없다. 그래서 어느 정도 내 자유를 양보할 마음의 준비가 되었을 때, 기꺼이 상대를 배려할 마음이 있을 때 결혼해야 한다고 생각한다. 그런 마음으로 해도 계속 부딪히는 게 결혼이니까.

결혼하고 나서, 특히 아이를 낳고 나서 내 생활이 없어졌다 푸념하는 사람들을 많이 본다. 나 역시 그랬고. 푸념에서 끝나면 그나마 다행인지 끊임없이 누군가를 원망하는 사람들도 있다. '내가 누구 때문에 이렇게 사는데!', '너만 아니었어도!', '너 때문에!' 같은 말을 해가며. 그런 사람들을 보면 '그럴 거면 그냥 혼자 살지 왜 결혼을 하고 아이는 낳았을까' 하는 생각이 든다. 혼자 사는 게 더 행복했을 텐데.

이렇게 말하면 또 누군가는 하고 싶지 않았는데 등 떠밀려서 했다는 사람이 있을 수도 있겠지만, 그런 건 애초에 없다. 내가 한 결정에 등 떠밀려서라니. 그건 '나에겐 의지라는 게 없어요'라고 하는 것과 별반 다를 게 없는 얘기다.

세대가 바뀔수록 결혼에 더 신중해지는 것 같다. 내 주변만 봐도 결혼을 꼭 해야 하는지 고민하는 사람들이 많아졌다. 그들의 고민은 대체로 이렇다. '나 하나 신경 쓰기도 바쁜데 누군가를 신경 써야 한다는 게 부담스럽다', '내가 하고 싶은 일 외에 해야 하는 일을 하면서 살고 싶지 않다', '힘들게 번 내 돈을 나눠 써야 한다는 게 부당하게 느껴진다' 등등.

충분히 이해한다. 결혼을 결심하기 전에 반드시 한 번은 고민해봐야 할 문제다. 받아들일 마음의 준비가 됐거나 결혼할 상대와 충분히 이야기를 나눈 후 해결점이나 대안을 찾은 상태가 아니라면 결혼은 좀 더 신중해야 하지 않을까 한다. '어떻게든 되겠지' 하는 마음, 혹은 '몰라. 난 결혼해도 나 하고 싶은 대로 하고 살 거야' 같은 마음이라면 말리고 싶다. 자신은 물론이거니와 죄 없는 배우자까지 힘들게 하는 일이다. 그래서 결혼을 꼭 해야 하냐고 묻는 친구들이 있다면 안 해도 된다고 답해준다. 내게 그런 질문을 해올 때는 이미 결혼에 대한 의구심이 가득한 상태라서 그럴수록 좀 더 신중하길 권한다. 사실 이런 경우에는 내가 '결혼은 꼭 해야 해!'라며 추천해도 하지 않을 가능성이 크다.

결혼에는 반드시 책임이 따른다.

책임감 없이 나이가 차서, 더 늦으면 안 될 거 같아

서 결혼을 생각한다면 하지 않았으면 좋겠다. 그리고 남들의 말에 휘둘리지 않았으면 좋겠다. 결혼하면 이렇다 저렇다 옆에서 조언 아닌 조언을 해주겠지만 그들이 내 인생을 대신 살아주지 않는다. 그렇게 따지면 내 말도 그렇게 귀 기울일 필요가 없지 않나 싶지만.

가끔 어른들이 그들의 기준에 맞춰 늦은 나이에도 결혼하지 않고 자유롭게 사는 사람들을 보면서 '결혼을 해야지. 결혼해서 애 낳고 살아봐야 철이 들지'라고 하는 걸 본다. 글쎄, 꼭 결혼하고 아이를 낳아야만 철이 들까? 결혼하고 아이도 낳았는데 철 안 드는 사람은 그럼 뭐지? '결혼해서 애 많이 낳는 게 애국하는 거야'라는 어른들도 있는데, 본인 인생 아니라고 너무 쉽게 말하는 거 아닌가요? 책임감 없는 결혼과 출산이 나라에 더 큰 해가 될 수도 있잖아요.

돌려받으려 하지
않을 것

어린 친구들 사이에서 종종 '낳음 당했다'라는 표현을 사용한다고 한다. 이 말을 처음 들었을 땐 꽤나 당황스럽다 못해 충격적이기까지 했다. 그런데 곰곰이 생각해보니 맞는 말 같아 어쩐지 기분이 이상했다. 그치, 낳음 당한 거 맞지.

인터넷 검색창에 '낳음 당했다'를 검색해보니 여러 글이 올라와 있었다. 가장 위에 있는 글부터 하나하나 클릭해서 읽어보는데 마음이 저릿저릿했다.

'왜 낳아서 안 해도 될 고생을 하게 하는지', '태어나고 싶어서 태어난 것도 아닌데 살기 위해서는 할 게 너무 많아', '멋대로 낳아놓고 왜 낳아준 걸 고마워하래?'

뭐 하나 틀린 말이 없었다.

어려서 나도 비슷한 말을 한 적이 있다.

"누가 낳아달라고 했어?"

부모님 가슴에 대못을 박겠다며 작정하고 했던 말은 아니었다. 하도 '낳아줬더니', '키워줬더니'라는 말이 부모님 입에 붙어 나도 모르게 튀어나온 말이었다. 나는 낳아달라고 한 적도 없는데 '낳아줬더니'라는 말이 돌아오고, 낳았으면 부모로서 책임지는 게 맞는 것 같은데 자꾸 '키워줬더니'라고 하니 어딘가 억울하고 답답했다.

시간이 흘러 나도 아이를 낳게 되자 고민이 됐다. 세상에 나오기 싫었던 아이를, 나올 생각이 없던 아이를 내 욕심으로 인해 세상 밖으로 끌어낸 건 아닌지. 내가 이 아이에게 너무 큰 짐을 짊어지우는 건 아닌지. 세상살이가 그렇게 녹록하지 않은데….

아이가 초등학교 저학년쯤 되었을 때 어느 날 내게

물었다.

"엄마는 나를 왜 낳았어?"

올 게 왔구나 했다. 숨이 멎는 듯했고, 선뜻 아이에게 건넬 대답을 찾지 못했다. 못 들은 척 대응했던지 얼렁뚱땅 다른 얘기를 꺼냈던지 잘 기억나지 않는다. 제대로 된 대답을 듣지 못한 아이는 며칠 뒤에 같은 질문을 했다. 나는 대답 대신 아이에게 물었다.

"낳지 말걸 그랬나? 그럼 우리 Y가 이렇게 힘들지 않아도 됐을 텐데."

아이는 짧게 '응'이라고 답했고, 나는 먹먹한 가슴으로 아이를 안고 말했다.

"대신 엄마가 행복하게 해줄게."

시간은 빠르게 흘러 아이는 십대 청소년이 되었고, 그때 일을 아직 기억하고 있을까? 지금도 '낳아주지 말지'라고 생각할지 모르겠다.

아이 입장에서 보자면 억울한 일일 수 있다. 맘대로 태어나게 해놓고 이거 배워라, 저거 배워라 하고, 이렇게 하면 된다, 안 된다를 가르치고, 가기 싫은 학교도 가야 한다며 다그치고, 거기다 학원까지. 누가 낳아달라고 했냐고요. 누가 가르쳐 달라고 했냐고요. 거기에 더해 앞으로 뭐하면서 살고 싶은지도 생각해보라 하니 아이 입장에서는 미치고 팔짝 뛸 노릇일 수도 있다. 맘대로 낳을 때는 언제고 이제 와서 뭐하면서 살 건지 생각해보라니.

아이 입장에 서보니 고맙지 않은 일이 없다. 왜 태어났는지 영문을 모르는데 일단 엄마, 아빠가 배워두란 건 하나씩 차곡차곡 배운다. 학교도 가라면 가고, 사회성이 뭔지도 모르면서 싫은 아이, 싫은 선생님도 견디고, 아이들과 놀 때는 나 하고 싶은 대로만 하면 안 된다는 것도 기억하며 내키지 않는 것도 참고 양보한다. 시험 같은 건 왜 보는 거냐고 하면서도 말과 달리 열심히 공부도 한다. 그러면서 또 나름 앞으로 뭘 하면서 살지 궁리도 한다. 고맙고 기특하지 않을 수가 없다. 나는 종종 아이에게 엄마 아들로 태어나 줘서 고맙다는 말을 한다.

나중에라도 아이에게 '낳아줬더니 고마운 줄도 모르고', '기껏 키워줬더니', '죽어라 가르쳐 놨더니' 같은 말은 할 생각이 없다. 내가 인심 쓰듯 아이를 키우는 것이 아니라 아이를 낳았다면 아이가 세상을 살아갈 수 있도록 당연히 줘야 하는 사랑인 것이다.

그렇다고 너무 아이 중심으로만 키워서도 안 될 것이다. 그건 아이를 위하는 길이 아니라 오히려 아이를 망치는 길일 테니.

아이가 잘 못할 것이라고 지레짐작하면서 부모가 다 알아서 해주는 것 역시 삼가야 할 것이다. 아이를 생각할 수 없게 만드는 것만큼 큰 잘못은 없다. 아이를 위하되 자기만을 알지 않도록, 책임은 다하되 스스로 생각할 수 있도록. 참 어려운 일이다. 그래도 어쩌겠나. 이건 내가 해야 할 일인 걸.

또 한 가지, 노후에 내가 아이에게 준 것들을 돌려받을 생각이 없다. 그때 가서 생각이 흔들릴지 모르겠지만 어쨌든 지금은 그렇다는 소리다. '내가 너를 어떻게 키웠는데' 같은 말은 하고 싶지 않다. 사사건건 섭섭하다며 네가 어떻게 나한테 이럴 수가 있냐고 따져 묻고 싶지도 않다. 내가 준 사랑만큼 돌아오지 않더라도 그게 당연하다며 의연하게 받아들이고 싶다. 아이가 자신의 삶을 잘 살고 있다면 그것으로 만족하고 싶다.

이렇게 말은 하지만 막상 또 그때가 닥치면 조금은 섭섭할 게 분명하다. 지금부터 마음가짐을 단단히 하려 한다. 사랑은 충분히 주되 주고 잊기로. 왜냐하면 내가 낳아준 게 아니고 아이가 태어나준 거니까.

PART. 3

어른이 되어도
여전히
관계는 힘들어

사람이 꼭
내 맘 같지 않아

남 욕은 되도록 하지 말자고 몇 번이고 다짐하는데 지키기가 참 어렵다.

'그래. 사람이 살다 보면 그럴 수도 있지. 어떻게 사람이 다 내 맘 같아.'

이해해보려 애를 써도 도저히 안되는 경우가 있다. 아무리 생각해봐도 불쑥불쑥 서운하고 언짢은 마음이 튀어나온다. 아니, 아무리 그래도 그렇지! 도대체 왜!

이럴 땐 이해하기 대신 '잊기'를 택한다. 더 이상 생각하지 않기로. 생각은 나더라도 적어도 입 밖으론 내지

않기로. 이 다짐은 어느 땐 꽤 오래 지켜지기도 하지만
어느 땐 며칠도 못 가 쉽게 무너진다.

"아니, 걔는…"

굳게 한 다짐이 무색할 정도로 쉽게 튀어나온 한마
디에 '에라, 모르겠다' 하며 기왕 말이 나온 김에 마음에
담아두었던 말들을 한꺼번에 쏟아낸다. 남 욕은 하지 말
자던 사람이 맞나 싶을 정도로 어느새 이것저것 가릴 것
없이 아주 신이 나서 얘기하고 있다. 그러고 나면 속이
다 시원하다. 다짐과는 정반대로 험담도 가끔씩은 필요
하단 이상한 결론에 닿는다.

그렇지만 실컷 험담해놓고 꼭 후회하는 경우가 있
다. 첫 번째는 험담 대상이 가족일 때다. 가족 이야기를
하고 나면 항상 찜찜하다. 내가 하는 말에 상대방이 동조
를 해줘도 기분이 별로고, 안 해주면 내 맘을 몰라주는
것 같아 섭섭하다. 대체 어쩌라는 건지. 다음에는 제발
이러지 말자.

두 번째는 아이 앞에서 누군가의 험담을 했을 때다.
이건 정말 수십 번은 다짐하는 일인데 남편과 진지하게

이야기하다 보면 옆에 아이가 있다는 사실을 잠시 잊는다. 이야기라기보단 사실 뒷담화에 가깝고, 아이가 있었다는 걸 잊었다기보다는 쏟아내고 싶은 말들이 너무 많아 아이의 존재를 잠시 잊어버리기로 했다는 게 더 맞을 것 같다. 어느 정도 속이 시원해졌을 때쯤 뒤늦게 아이 생각을 해보지만 말 그대로 이미 늦었다. 애써 '에이, 핸드폰에 빠져 있느라 못 들었을 거야'라고 생각해보지만 아니라는 걸 너무나도 잘 안다. 혼자 또 조용히 반성 모드에 들어간다. '제발 이러지 말자' 또 다짐한다. 평생 다짐만 하게 생겼다.

하루는 D에게서 전화가 왔다. 통화를 자주 하는 편은 아니지만 전화를 하고 나면 항상 힘이 빠졌다. 뭘 그렇게 매번 꾸짖고 가르치려 드는지. '사람은 안 변하는구나' 체념하고 듣다가도 도가 지나치면 나도 모르게 불쑥 화가 치밀어 올랐다. 그러다 보면 어느새 말에 감정이 실리고 목소리에 힘이 들어간다. 침착하자며 마음을 다스려보지만 그럴수록 속은 더 시끄럽다.

이날도 비슷한 상황이었다. 특별한 내용도 없는 D

와의 전화를 마치고 혼자 한숨을 쉬고 있는데 아이가 와서 물었다.

"엄마, 또 그 사람이지?"

어떻게 알았냐고 묻자 아이는 딱 보니 그런 것 같았단다. "그 사람이 또 뭐라 그래? 이번엔 또 뭐라는데?" 대화가 좀 일방적이라 답답하긴 해도 분명 나쁜 사람은 아니었다. 아이까지 거들며 욕할 만한 사람은 더욱 아니었다. 물론 아이는 내 편에 서서 하는 말이었겠지만.

아이의 말에 갑자기 D에게 미안한 마음이 들었다. 내가 아이 앞에서 얼마나 험담을 많이 했으면 아이까지 이런 말을 할까. 잘 알지도 못하는 사람인데.

나중에 부모가 되면 절대 하지 말아야지 하는 몇 가지가 있었다. 그중 하나가 '아이 앞에서 남 험담하지 않기'였다. 험담하는 행동 자체가 좋은 것이 아니고, 험담을 많이 하다보면 사람이 부정적으로 변한다.

험담은 누군가의 장점조차 단점으로 만드는 강력한 힘을 갖고 있다. 그 힘을 잘 알면서도 험담하는 순간 느끼는 속 시원한 맛도 잘 알기 때문에 아이만은 절대 그 맛을 알지 않았으면 했다.

그런데 이게 뭔가. 아이는 내가 하는 말을 그대로 하고 있다. 다짐 따로 행동 따로 할 거였다면 도대체 그 많은 다짐은 왜 한 건지. 한심해도 너무 한심했다. 여기서 내 자신이 더 미워지는 이유는, 그렇다고 앞으로는 절대 그러지 않겠다고 자신 있게 말을 못하여서였다. 다시 다짐하기가 무섭게 또 어느 순간 나도 모르게 이성을 잃고 험담을 쏟아낼 것만 같았다. 아이가 곁에 있다는 것도 무시한 채.

'사람이 그럴 수도 있지' 하면서 어쩔 수 없다는 듯 살아야 하는 건지, '아이도 이젠 알 건 다 알아'라고 편하게 생각해야 하는 건지, 도를 닦는 심정으로 정신수양에 들어가야 하는 건지. 정신수양까지 들먹일 정도로 나란 사람은 왜 이렇게 덜된 건지. '근데 다들 이러지 않나?' 하는 건 뭔지.

역시 한참 부족한 어른이다.

아, 그
재수 없는 애

C가 아이 용품을 파는 일을 시작했다. 간단하게 안부 정도만 묻는 사이였는데, C가 개업을 하고 나서부터는 어느새 우리의 통화 횟수는 점점 늘어갔다. 이번에 새로운 제품이 나왔는데 내 생각이 났다며, 내 아이 나이대에 꼭 필요한 제품이 있다며 C는 연락을 해왔다. 아이는 하루가 다르게 쑥쑥 크고, 물려줄 사람이 있는 것도 아니니 아이 용품이라면 나는 주로 새 제품보다는 중고를 이용하는 편이었다. 그럼에도 C와의 친분도 있고, 들어보니 제품도 나쁘지 않은 것 같아 몇 개를 구입했다.

이런 나의 배려를 아는지 모르는지 C의 제품 권유는 그칠 줄을 몰랐다. 아이 용품 사업을 하면서 아이에 대한 공부도 꽤 했던지, 엄마들만 모였다 하면 C는 그간에 배웠던 아이 관련 지식들을 풀어놓기 시작했다. 아이에게 중요한 건 뭐고, 이렇게 하면 좋고, 저렇게 하면 안 되고. 아이 이야기라면 귀가 솔깃해지는 게 엄마라지만 그것도 한두 번이지, 전혀 다른 주제로 이야기를 하던 중에 불쑥 아이 이야기를 꺼내며 일장연설을 할 때는 정말이지 그 자리를 뜨고 싶었다. 나름 참고 듣는다고 했지만 분명 얼굴에 듣기 싫은 티가 많이 났을 거라 생각된다.

'왜 저렇게 눈치가 없을까.'

다행이라고 해야 할까. 아이가 크면서 C와의 연락이 줄어들었다. 점점 과감하게 싫은 티를 냈던 게 C에게 닿았을 수도 있고. 더 이상 연락이 오지 않았을 때는 '이제야 눈치를 챈 건가' 하는 생각이 들면서 속이 다 시원했다.

온라인상에서 프로그램을 운영하거나 1인 기업을 차리는 주변 사람들이 많아졌다. 아무래도 혼자서 많은 일들을 처리하다 보니 여기저기서 도움을 받아야 하는 일들이 생기고, 때로는 자존심을 꾹꾹 삼켜가며 아쉬운 소리를 해야 하는 때도 생긴다. 이런 과정이나 사정을 아는 사람들은 서로서로 지인을 위해 도와줄 수 있는 부분이라면 나서서 도와준다. 내 일처럼 여기저기 홍보해주기도 하고, SNS에 소개해주기도 한다. 이번에 도와준 만큼 내심 다음에 도움이 필요한 상황이 되면 나도 도움을 받겠지 하는 기대도 없지 않다.

이 와중에 친구 I가 작게 사업을 시작했다고 했다. 들어보니 취지도 좋고, 무엇보다 결혼하고 오랫동안 쉬었던 친구라 잘됐다며 축하해주었다. I는 몇 번을 망설이다 조심스럽게 주변에 소개 좀 해줄 것을 부탁했다. '당연히 해줘야지!' 하면서 기꺼이 해주기로 했다. 블로그에 소개하고, 주위에도 입소문을 내고, I가 파는 물건을 사서 주위에 선물하기도 했다.

다행히 반응이 조금씩 오는 듯했다. I는 이 일에 제법 열의를 보였다. 온통 사업 생각뿐인 듯했다. 친구들과 모여 대화를 나누다가도 혼자서 갑자기 사업 얘기를 했다. 늘 '근데…'라며 대화의 맥락을 끊곤 자신의 걱정거리를 꺼내며 다 같이 고민해주길 원했다. 자기 일처럼 나서주길 원하는 것 같았다. 좀 과하다 싶었다. 점점 듣기가 힘들어졌다. 이런 생각을 나만 하고 있지 않았나 보다. 다른 친구 한 명이 내게 슬며시 속마음을 비쳤다.

"걔 만나면 그 얘기 좀 안 했으면 좋겠어."

나 역시 비슷한 마음이긴 했지만 이번엔 전과 달리 '그냥 들어주자' 했던 이유는 '오죽하면 저럴까'라는 생각 때문이었다. 얼마나 이 일에 간절하고 빠져 있으면 저럴까. 친구 입장이 잠깐 되어보니 그럴 만도 해 보였다. 결혼 후 내내 쉬다 하는 일인데 얼마나 잘하고 싶고 얼마나 열심히 하고 싶었을까. 사람이 원래 뭐 하나에 꽂히면 다른 건 잘 안 보이는 법이니까.

'나라면 저렇게 할 수 있을까?'란 생각도 해봤다. 열정이 있다고 해서 누구나 친구처럼 창피함도 무릅쓰고 여기저기에 도와달라며 나서서 홍보할 수 있는 건 아니니까. 분명 친구도 처음에는 망설였을 테니까. 친구가 대단해 보였다. 꼭 잘됐으면 했다.

I의 열의는 식을 줄 몰랐지만 이렇게 한번 생각하고 나니 전처럼 I가 하는 말이 그렇게 거슬리지 않았다. 매번 성심성의껏 들어주지는 못하지만 적당한 반응 정도는 보인다. 적어도 예전의 나처럼 듣기 싫어하는 내색은 하지 않는다.

그러고 보니 예전의 나는 참 별로였다. 잠깐 이야기 들어주는 게 뭐 그리 어려운 일이라고 굳이 그렇게 싫은 티를 냈나 모르겠다. 게다가 나라고 뭐 그리 잘난 게 있다고 사람을 업신여겼는지. 내가 생각해도 참 재수가 없었다. 예전의 C 역시 날 그렇게 기억하고 있겠지? 아, 그 재수 없는 애.

지금이라면 좀 더 넉넉하고 편안한 마음으로 들어줄 수 있을 텐데. 아마도 다시 만날 일은 없겠지만. 다시 만나게 된다면 미안하단 말을 전하고 싶다. 그땐 내가 좀 많이 어렸다고.

그러고 보니 예전의 나는 참 별로였다.

나라고 뭐 그리 잘난 게 있다고.

내가 생각해도 참 재수가 없었다.

지금이라면 좀 더 넉넉하고 편안한

마음으로 들어줄 수 있을 텐데.

지나간 것은
지나간 대로

회사를 옮기거나 그만둘 때 가끔 계속 연락하자는 사람들이 있다. 말은 그렇게 하지만 인연을 계속 이어 가는 경우는 드물다. 헤어지고 몇 번 동안은 옮긴 회사 는 어떤지, 전 회사는 여전한지 궁금한 마음에 연락을 하 긴 한다. 그러나 시간이 지나다 보면 매번 하는 말도 똑 같고, 매번 과거 얘기만 하다 보니 대화가 재미없어진다. 그렇게 관계는 자연스럽게 정리된다. 어쩌다 연락을 할 때는 특별한 용건이 있을 때다.

예를 들면 새로운 직원이 우연히 상대방 회사에서

온 사람일 때 이 사람이 어떤 사람인지, 일은 잘하는지 확인하고 싶은 경우나 업계 이슈가 생겼는데 그쪽 회사는 어떻게 대처하는지 같은 게 궁금할 때 등이다. 바로 용건부터 묻기엔 속이 보이니 요즘 어떻게 지내는지 안부를 묻지만 사실 그다지 관심은 없다. 이마저도 업종이 달라지면 서로 연락할 일은 없다.

그런데 문득 자연스럽게 정리되는 관계가 아쉽게 느껴질 때가 있다. 우연히 전 회사 근처를 지나가거나 대화 도중에 전 회사 사람 이야기가 나오면 '연락 한번 해볼까?' 하는 생각이 순간 들기도 한다. '같이 일한 것도 큰 인연인데' 하면서 새삼 그 인연이 특별하게 느껴지고 '계속 유지했어야 하나' 싶은 생각도 든다.

사회 초년생일 때는 몇 번 연락해 전 회사 동료들을 만난 적이 있었다. 하지만 그때마다 느낀 건 '괜히 봤다' 였다. 아주 잠깐은 반가운데 생각만큼 할 얘기가 없었다. 그 이후로 끝난 관계는 더 이상 일부러 이으려 하지 않았다.

그다지 넓지 않은 나의 인간관계 중에는 대학 친구들이 있다. 스무 살 때 만났으니 이젠 20년도 훨씬 넘었다. 4년 혹은 휴학까지 치면 5년을 거의 하루도 빠짐없이 봐왔던 친구들이다. 졸업 후 각자 취업하고 결혼을 하고, 만나는 빈도는 줄었어도 한동안은 꾸준히 만남을 유지했다. 그러던 모임이 아이를 낳아 기르고부터는 만나기가 힘들어졌다. 아이가 어려 외출이 자유롭지 못했기 때문이다. 힘들게 만남을 유지하다 어느 순간 이마저도 없어졌다. 많이 안타깝다.

연말이나 연초가 되면 '우리 진짜 좀 만나자' 하는 투정 섞인 말이 으레 인사가 되어버렸다. 그럴 때마다 곧 만날 거라 기대하지만 역시나 상황이 여의치 않아진다. 특히 재작년 말부터 이어진 코로나는 우리의 만남을 더 가로막았다. '이번엔 만나자'는 인사는 '코로나 끝나면 만나자'로 바뀌었다.

과연 코로나가 끝나면 우리는 만날까? 그때도 여전히 각자 시간이 맞지 않는다는 이유로 만남을 미루지 않

을까? 그럼 우리 관계는 여기서 끝나는 건가? 아니, 이미
끝난 건가? 잘 모르겠다. 만나면 이젠 서먹해질지, 아니
면 바로 엊그제 만났던 것처럼 다시 예전으로 돌아갈지.
이젠 '코로나 끝나면 만나자'는 말도 왠지 망설여진다.
지금은 그 말이 예전의 '언제 한번 보자' 같은 말이 돼버
려 더욱 그런지도 모르겠다. 진심이 없는 건 절대 아닌데
왠지 그냥 하는 말처럼 들릴 것 같다.

관계를 일부러 정리할 마음은 전혀 없지만, 시간이
더 지남에 따라 자연스럽게 멀어진다면 그때는 애써 관
계를 연장하려 하면 안 될 것 같다. 그때는 아쉽지만 우
린 여기까지인가 보다 하고 담담하게 받아들여야 하지
않을까 싶다.

인연을 떠나보내는 데에도 이젠 의연해질 법도 한
데 여전히 마음이 복잡하고 때로는 미련도 남는다.
내 쪽에서 좀 더 노력했어야 했나. 내가 많이 부족했
나. 어떡하든 이어갔어야 할 인연이 아니었을까. 심지어
내가 먼저 정리한 인연이었는데 내 생각이 짧은 건 아니

었는지, 좀 더 참고 아량을 베풀어야 했던 건 아니었는지 문득문득 고민과 후회를 반복한다. 단호하게 정리할 때는 언제고.

이렇게 태어났어도
저렇게 살 수 있지

"그건 뭐하게."

어려서도, 어른이 된 지금도 많이 듣는 말 중 하나다. 새롭게 배워보고 싶은 게 생겼다거나 뭔가를 해보고 싶다고 했을 때 제일 먼저 돌아오는 말이었다. 배워보고 싶다는데 무슨 이유가 더 필요하지? 그런데 나중에 알았다. 꼭 필요한 게 아니고 목적 없이 그저 해보고 싶다는 게 배움의 이유라면 우리 형편에서는 꽤 철없어 보이는 말이었다는 것을.

대학교 3학년쯤이었나. 친척어른 한 분이 내게 졸업하고 뭘 하고 싶냐고 물었다. "대학원 가서 공부를 더 해보고 싶어요." 친척어른은 옆에 있던 다른 친척에게 '얘는 졸업하면 취업 안 하고 공부를 더 하고 싶다네?'라고 했던 말이 아직도 생생이 기억난다. 그 말투는 분명 '으이구, 이 철딱서니 없는 것 하고는'이었다. 공부를 더 하고 싶다는 게 그렇게 철없는 말인가요?

"그건 아무나 하냐?"

'그건 뭐하게' 다음으로 지겹게 들은 말이었다. 뭔가 꿈꾸려 하면 여지없이 들어야 했던 말이다. 그건 애초부터 재능이 있거나 혹은 엄청 똑똑한 사람이나 하는 거라며 시작도 하지 않았는데 만류부터 했다. 그게 얼마나 돈이 많이 드는지 아냐며 그런 건 돈 있는 집에서나 하는 거라는 말로 돌아왔다.

친척들끼리 모여 이야기를 나누던 중 노후에 대한 주제가 나왔다. 앞으로 해보고 싶은 게 있냐는 질문을 받았다. 나는 별생각 없이 심리학 공부도 해보고 싶고, 경제 공부도 재밌을 거 같고, 글도 써보고 싶다고 했다. 아니! 다 안 된단다. 심리학 공부는 지금 시작하기엔 너무 늦었고, 경제 공부는 나와 어울리지 않고, 글은 아무나 쓰는 게 아니란다. 별 대꾸는 하지 않았지만 속으로 '그럼 되는 게 뭔데?' 싶었다. 그런데 제가 그 아무나 쓰면 안 되는 글을 지금 쓰고 있다고요.

지금은 주위 사람들로부터 '해봐요. 왠지 잘할 거 같아요'라는 말을 많이 듣는다. 블로그 글을 보고는 책 내보라는 사람들이 종종 있었고, 글쓰기 수업을 열어보라는 사람들도 있었다. 그럴 때마다 '책은 아무나 내나요', '수업은 아무나 하나요'라며 어물쩍거리며 화제를 돌렸다.

"왜 못해요. 하면 하는 거지."

타고난 환경은 바뀐 게 없지만 어울리는 사람들이 변했다. 나와 생각이 맞고, 관심 분야가 비슷하고, 배움에 열의가 있는 사람들이 있는 곳으로 찾아가 어울리는 사람들을 주도적으로 변화시켰다. 그런 곳에서 만나는 사람들은 '그런 건 아무나 하나'라는 말 대신 '그런 건 어

떻게 하면 할 수 있냐'는 말을 더 많이 한다. 모르면 피하
거나 몰라도 된다며 별것 아닌 것으로 치부하는 것이 아
니라 알려고 하고, 없으면 한탄만 하거나 있는 사람들을
깎아내리는 것이 아닌 어떻게 하면 채울 수 있는지 연구
한다. 이런 사람들과 함께 있으면 좋은 에너지를 받는다.

그 덕분에 전과 달리 내게 뭘 자꾸 해보라는 사람이
많아졌다. 어떤 이는 친절하게 방법까지 알려주기도 하
고, 어떤 이는 그 분야에서 이미 성공한 누군가를 예로
들며 이 사람처럼 되는 건 어떠냐고 한다. 나는 그저 우
러러보기만 하는 사람인데 너무나도 아무렇지 않게 말
한다. 내가 무슨….

"왜? 하면 더 잘할 거 같은데?"

귀를 의심한다. 무슨 말씀이세요. 놀리는 건가 싶지
만 그들의 눈빛은 한 치의 거짓도 섞여 있지 않다.

타고난 환경을 바꾸긴 불가능하다. 그건 정말 큰 욕
심이고 어쩌면 부려서는 안 되는 욕심 같기도 하다. 그런
욕심은 부리면 부릴수록 화를 불러온다. 이제 그런 욕심
은 부리지 않는다. 원망 또한 하지 않는다. 해봤자 나만

피곤하니까. 그리고 내가 원하는 에너지는 다른 곳에서 얻으면 되는 거니까. 그게 현명한 방법인 것 같다.

생각은 이렇게 하고도 가끔 멘탈이 흔들릴 때가 있다. 주관적이지만 내가 보기에 많은 것이 갖춰진 환경에서 자라 해맑고 티 없는 사람들을 보면 부러움과 질투가 샘솟는다. 그것까진 나도 어쩔 수가 없다. 대신 거기서 더 나아가 신세 한탄으로 넘어가진 않으려 한다. 어쩌겠나. 이렇게 태어난 걸. 동의하기 어렵지만 신은 공평하다 하니 그들이 가지지 못한 뭔가가 내겐 있겠지. 어쩌면 해맑음 대신 냉소적이고 비판적인 시각이 그것일 수도 있고.

언제쯤 편히
넘어갈 수 있을까

B에게서 카톡이 왔다. 다른 말은 없고 사진 하나만 덩그러니 있었다. 인터넷 카페에 있는 글을 캡처한 사진 이었는데, 얼마에 산 아파트를 얼마에 팔았다는 내용의 글이었다. 가격차가 꽤 컸다. 조금 놀라긴 했지만 요즘 이런 일이 흔하다 보니 그런가 보다 했다. 게다가 내 일 도 아닌걸.

'이걸 왜 보냈지? 잘못 보냈나? 다른 뭐가 있나?' 카 톡을 자세히 들여다봤지만 별다른 건 없어 보였다. '곧 무슨 말이 오겠지' 하고 기다려봤지만 시간이 지나도 다른 말은 없었다. '뭐지? 무시해도 되는 건가?' 하는 순간 번쩍하고 떠오른 게 있었다. 언젠가 B가 아파트 한 채를 샀다고 했다. 어디였는지 기억은 잘 나지 않지만 시세보다 싸게 주고 샀다며 좋아했던 기억이 났다. 그 아파트가 캡처 속 그 아파트인지는 확인할 길은 없지만 맞는 것 같았다. 그제야 이 카톡이 의미하는 바가 뭔지, 무슨 의도로 보낸 메시지인지 맞춰졌다.

B가 의도했던 바는 '자랑'이었다. 그리고 또 하나 확실한 건 이 카톡을 내게만 보내지는 않았을 거란 사실이었다. 모르긴 몰라도 아마 다른 친구들에게도 보냈으리라 쉽게 짐작할 수 있었다. 이유는? 항상 그래왔으니까. 나만 받은 연락인 줄 알고 굳이 말하지 않고 있었는데 알고 보니 친구들에게 다 보낸 연락이어서 당혹스러웠던 적이 몇 번 있었다. 그때도 역시나 안부 인사를 가장한 자랑이었다. 주로 어디에 뭘 투자했는데 얼마를 벌었다거나, 이번에 주식이 대박 나서 얼마 이익을 봤다거나, 심지어 지금 뭘 알아보는 중인데 그게 얼마짜리라는 내용이었다. 잠깐은 '너도 투자해봐'라는 의미인 줄 알았

는데, 계속 듣다보니 아니었다. 그냥 일말의 여지도 없는 100퍼센트 '자랑질'이었다.

'아니, 왜 하필 나한테? 내가 만만해 보였나? 아님 불쌍해 보였나?'라고 생각했지만 다른 친구들에게도 그랬다는 걸 알게 되자 오히려 B가 걱정되었다. 왜 이러지? 마음이 허한가? 무슨 자격지심이라도 있나? 이유가 어찌 됐든 친구의 의도를 알고 나니 무시하고 넘길 수가 없었다. 답을 안 하면 질투한다는 둥, 시샘한다는 둥 혼자서 엉뚱한 상상을 할 것 같았다.

한참 고민하다 답장을 보냈다. '좋겠다. 부러워~' 내가 생각해낸 최선이었다. 기껏 고심해서 답했는데 정작 B의 답은 오지 않았다. 뭐야. 자랑할 거 다 했으니 내 대답 따위는 중요하지 않다는 거야? 대꾸도 안 할 거면서 카톡은 왜 보냈대. 생각할수록 기분이 언짢아졌다. 뭐하는 거야. 짜증나게 진짜.

친구라고는 하지만 엄밀히 말하면 친구와 지인 사이의 중간 어디쯤에 있는 관계가 있다. 그냥 지인이라 하기에는 조금 가까워서 냉정히 선 긋기도 뭣하고, 그렇다고 '걔가 다른 건 다 좋은데 그런 면이 좀 있지'라며 너그럽게 받아들일 만큼 그렇게 가깝지도 않고. 그래서 거슬리는 일이 있을 때마다 더 신경 쓰이는.

만약 누군가 주변에 이런 사람이 있는데 어떻게 하는 게 좋겠냐고 내게 물어온다면 망설임 없이 그냥 무시하라고 답할 것이다. 그냥 그런가 보다 하면서 오는 연락에 적당히 답하고 적당히 관계를 유지하면 그만이다. 아예 정리할 생각이 아니라면.

그런데 나도 참 이중적인 게 이게 내가 처한 문제가 되니 '그냥 무시해'라는 말이 아무 소용이 없어진다. '얜 이렇구나', '이런 사람도 있구나' 하고 쉽게 넘어가지지 않는다. 신경 쓰지 말자고 마음을 가다듬으며 무척 노력하지만 잘 되지 않는다. 아니, 왜 잘 지내는 사람 신경은 건드리고 난리야.

좀 더 나이를 먹으면 이런 일 정도는 그냥 그러려니 하고 가볍게 넘길 수 있으려나. 언제쯤 지금처럼 신경 쓰지 말자고 억지로 애쓰지 않아도 '얘도 참' 하고 웃으며 지나칠 수 있으려나.

아무래도 나이랑은 상관이 없는 거겠지? 나이와 상관없이 내가 아직 속이 좁고 어른이 못 되어 그러는 걸 거다. 내 속은 언제쯤 넓어지려나….

내가 이상한 건가?
네가 이상한 거야

G가 내게 고민을 털어놨다. 지인이 자신에게 하는 말이 신경 쓰이는데 어떻게 생각하느냐고 물었다. 무슨 말을 했길래 G가 고민까지 하나 들어봤더니 조금 어이가 없었다.

G가 잘된 건 전부 자기 덕분이며, 자기가 없었다면 G가 이 자리에 있지도 않았을 거라고 말했단다.

잘나면 잘난 거지, 누군가 성공하는 데 어느 한 사람의 전적인 공이 있을 수 있나? 도움을 줬을 수는 있어도 나머지는 본인이 이루어가는 건데. 그게 부모라고 해도 전적으로 부모 덕분에 이루는 성공은 없는 법인데. 김연아나 박세리 선수도 부모님 뒷받침도 뒷받침이지만 결국에는 본인이 노력했으니까 그 자리에 오른 거지. 아무리 끌어당겨 줘도 본인이 노력하지 않으면 아무 소용이 없는 것을. 하물며 부모도 아닌, 지인은 G와 생판 피도 섞이지 않은 남인데 본인 덕분에 성공했다니. 그것도 자기 입으로.

　얼마나 뻔뻔하면 그런 말을 할 수 있는 건지 궁금하기까지 했다. 그 지인이라는 사람의 말은 거기서 그치지 않았다. G는 운동을 열심히 하기로 회사에서도 소문이 자자한데 그런 G에게 운동 너무 열심히 하지 말라는 말을 했다고 한다. 이유를 물으니 사람들이 한가해서 운동하는 줄 안다고. 말문이 막혔다. 더 기가 막힌 건 G가 하는 일에 대해서도 지금이야 그 일이 주목받지만 앞으로는 하나 쓸모도 없는 일이라며 언제까지 그걸 붙잡고 있을 거냐고 말했단다.

　G의 말을 모두 듣고 나니 G가 고민하는 게 정확히 무엇인지 궁금해져 물었다. 도대체 뭐가 고민이라는 거

야. 그래서 지금 고민되는 게 지인 덕분이라는 말이 신경 쓰여 그에게 뭐라도 보답해야 할 것 같아서 고민을 하는 건지, 지인 말대로 운동을 줄여야 할 것 같아서 고민하는 건지, 아님 지금 하는 일이 정말 가치가 없으니 지금이라도 다른 준비를 해야 하나 고민하는 건지. 예상치 못한 질문에 G는 좀 당황한 듯 보였다. 그런 것까지는 아닌데 그의 말이 신경 쓰이고 생각할수록 기분도 상한다고 했다. 보아하니 '지인의 말이 맞나?' 하고 의심하는 기색도 엿보였다. '다른 사람들도 나를 이렇게 평가하고 있을까?' 하는 생각도 하는 것 같고. 아마 그 생각에 더 괴로워하는 듯도 했다.

난 G의 지인보다 G에게 더 화가 났다. 이런 말에 흔들리기까지 하다니. 자기 자신에 대해 너무 믿음이 없는 거 아닌가. 이건 누가 들어도 이상한 말이잖아. 깊게 생각하고 말 것도 없는 거잖아.

이상한 논리를 들이대며 나를 부정하고, 뭘 해도 안 좋은 쪽으로 몰아가고, 뭐든 내게 문제가 있는 것으로 단정 짓고, 심지어는 없는 말까지 꾸며대며 사람 마음을 심란하게 만드는 사람. 혹시 딱 떠오르는 사람이 있을까? 언뜻 친해 보이고, 나를 꽤 잘 챙겨주고 아끼는 것 같은 데 하는 말을 잘 들어보면 남보다 못한 경우도 많다. 나를 위한 말이라는데 뜯어보면 그 안에는 시기와 질투, 때로는 나를 통제하려는 마음까지 숨어 있기도 하다.

한때는 나도 이런 말에 잠깐 속았더랬다. 내가 이상한 건가? 다른 사람들은 다 아무렇지 않은데 나만 거슬리는 건가? 내가 유별난 건가? 그러다 보면 점점 '난 왜 이러지'라는 생각으로 빠지게 되고, 나도 모르게 '다 내가 부족해서 그런가 보다'란 결론을 내렸다.

우울에 빠져 있다가 정신이 번쩍 들었다. 내가 왜 이런 엉터리 같은 말에 휩쓸렸는지, 그런 비논리적인 말에 잠깐이나마 흔들렸다는 게 스스로 부끄럽게 느껴졌다. 나중이 돼서야 내가 왜 그랬을까 생각해보니 그땐 내가 나를 믿지 못했고, 내가 하고 있는 모든 것들이 의미 없게 느껴졌고, 내 생각에 확신이 없을 때였다.

G에게 이렇게 말했다.

"그 사람이 널 어떻게 생각하느냐보다 네가 널 어떻게 생각하느냐가 더 중요하지 않겠어? 제발 아무 말에 속아 너를 의심하지 마."

이번엔 정말 알았다고 하는데 어쩐지 마음이 놓이지 않는다. 아마 G는 얼마 지나지 않아 똑같은 고민으로 나를 찾을 것이다. 내가 해줄 수 있는 건 지금처럼 너를 믿으라는 말밖에 없는데.

엉터리 같은 말들에 주눅들 필요 없어.

나를 믿고, 내가 하는 일을

더 응원해줘야 하지 않겠어?

줄 수 있는
사람이 되려면

점점 만나는 사람이 제한된다. 만나서 하는 이야기가 즐겁지 않으면 굳이 만나고 싶지 않다. 배우거나 깨닫는 게 있고, 전혀 생각지 못한 얘기들이 오가는 대화가 좋다. 그렇다보니 자연스럽게 나보다 아는 것이 많고 생각이 깊은 사람과 나누는 대화에 더 흥미를 느끼게 된다. 기회만 된다면 없는 시간도 쪼개서 만나고 싶을 정도다. 내가 특히 좋아하는 사람은 아는 게 많은 데도 자기만의 세계에 빠져 있지 않고 고집을 부리지 않는 사람이다.

가끔은 책을 많이 읽어 아는 것은 많은데 생각은 그만큼 따라가지 않는 사람들을 본다. 하는 말마다 전부 '어디서 읽었는데…', '누가 그랬는데…' 뿐이다. 흐려지는 말끝만큼 대화는 점점 지루해진다. 그래서 너의 생각은 어떠냐고 물었을 때, 지금까지 했던 긴긴 얘기와는 달리 '그건 난 잘 모르지'라는 답이 돌아오면 허무하기 그지없다. 계속 듣고 있던 시간이 아까울 정도다. 그보다는 차라리 아는 건 그렇게 많지 않더라도 자기 철학이 분명한 사람과 나누는 대화가 더 즐겁다. 적어도 '아, 이렇게 생각할 수도 있구나'란 생각을 할 수 있으니.

반대로 웬만하면 피하고 싶은 대화도 있다. 누구나 아는 뻔한 이야기나 '누가 그러는데…' 같은 확실치 않은 근거로 남의 이야기만 주구장창 하는 사람과의 대화다. 지루할 뿐만 아니라 집중도 잘 안된다. 거기다 이런저런 내 생각을 이야기하면 연신 '아~' 하며 감탄만 하거나 계속 트집만 잡는 사람과 나누는 대화는 피곤하기까지 하다. 어쩌다 읽은 책 이야기라도 하면 '책 많이 읽으시나 봐요'라며 신기해하거나 아님 대놓고 듣기 싫어하는 사람도 있다. 그럼 저절로 입을 닫게 된다. 내가 하는 말 정도로 감탄하거나 잘난 척이라고 하면 정말로 책과는 담을 쌓은 사람임이 분명하다. 대화가 즐겁지 않을 거라는 예감이 확 온다.

더 어렸을 때는 책을 안 읽어도 크게 표시가 나지 않았지만, 나이를 먹어서 책을 안 읽고 생각하지 않으면 확실히 표시가 났다. 생각이 좁고, 고집스럽고, 마음이 너그럽지 못했다. 게다가 자기가 아는 게 전부이며 확실하다는 믿음마저 갖고 있었다. 그래서 젊어서는 나름 괜찮아 보였는데 나이가 들수록 실망하는 사람들이 종종 생겨났다.

공자도 말하지 않았나. 배우기만 하고 생각하지 않으면 남는 것이 없고, 생각만 하고 배우지 않으면 위태롭다고. 살면서 위태로워 보이는 사람을 꽤 많이 만났다.

이런 사람들을 볼 때면 '나도 누군가에게 이렇게 비치면 어쩌나' 하는 불안감이 몰려온다. '저 사람은 나이 들수록 별로야' 하는 말을 듣지 않을까 하고.

나이를 먹으면서, 어른이 되어 누군가의 말에 연신 감탄하며 고개만 끄덕이는 사람이 되고 싶지 않다. 그렇다고 내가 아는 것만 고집하는 사람이 되는 건 더 싫다. 가끔 정말 멋지고 훌륭한 분을 만나 좋은 얘기를 듣고 올 때면 '난 너무 주는 거 없이 받아먹고만 오는 거 아닌가' 하는 염치없음이 뒤늦게 밀려온다. '나도 뭔가를 줄 수 있는 게 있어야 하는데…' 하는 고민이 생긴다.

책을 많이 읽고 생각을 많이 하자. 서로 즐거운 대화를 나누려면 나도 어느 정도 준비가 되어 있어야 하니까. 내가 내 이야기를 듣기만 하는 사람과 나누는 대화가 즐겁지 않듯 다른 사람들도 마찬가지일 테니까.

PART. 4

헐렁한 게 아니라
여유로운
어른이고 싶어

한계는 넘기보다
유연하게 타기

    헬스장에서 크게 다친 적이 있다. 회사에서 점심시간을 이용해 운동을 할 때였다. 아침은 아침대로 바쁘고 퇴근해서는 아이를 돌봐야 하니 도저히 운동할 시간이 나지 않았다. 아무리 생각해도 운동할 수 있는 시간은 점심시간밖에 없었다. 몸은 거짓말을 하지 않는다는 말처럼 체력은 바닥이었고, 쉽게 지치고 피로했기에 점심을 후딱 먹거나 거르더라도 운동을 해야겠다고 결심했다.

    시간이 좀 빠듯해서 회사에서 걸어서 10분이 조금

안 되는 거리에 위치한 헬스장까지 뛰어가 집중해 운동을 하고, 씻고, 다시 뛰어서 회사로 돌아왔다. 좀 무리다 싶긴 했지만 하다 보면 또 할 만할 것 같았다.

진짜로 하다 보니 나름 적응이 되었다. 오히려 활력도 생기고 좋았다.

그렇게 두 달쯤 지났나. 그날도 서둘러 헬스장에 도착했고, 가자마자 헬스복으로 갈아입었다. 그날따라 바지 끈이 헐렁해 끈을 조이면서 빈 러닝머신에 올랐는데, 사고는 그때 벌어졌다. 빈 러닝머신이 작동하고 있었던 것이다. 없는 시간을 쪼개서 서둘러 운동하려다 러닝머신이 비어 있는 것만 대충 확인하고 작동하고 있는지는 미처 확인하지 못했다.

러닝머신에 발을 디디자마자 가차 없이 밖으로 나뒹굴었다. 정신이 없었는데, 잠깐 기절도 했던 것 같다. 정신을 차리고 일어나보려 했지만 어지러워서 도무지 몸이 마음대로 움직이지 않았다. 한참 동안 주저앉아 있다가 헬스장 직원의 도움으로 겨우 몸을 일으켰다. 놀란 직원의 표정으로 보아 내가 생각보다 많이 다쳤다는 걸 알 수 있었다.

간신히 옷을 갈아입고 헬스장 직원과 함께 병원으로 갔다. 병원에서 누군가는 날 보고 교통사고를 당했냐고 물었다.

다행히 뼈에는 이상이 없었지만 군데군데 심한 타박상과 찰과상을 입었다. 상처가 아무는 데까지는 꽤 긴 시간이 걸렸고, 사고 이후로 다시는 점심시간에 운동을 하지 않았다.

대부분의 워킹맘이 그렇듯 나 역시 퇴근 후가 더 바빴다. 조금이라도 일찍 집에 도착하기 위해 발걸음을 서둘렀고, 집에 도착하자마자 허겁지겁 식사 준비를 시작했다. 식사가 끝나면 설거지는 잠시 미뤄두고 아이 숙제를 봐줬다. 숙제를 겨우 끝내면 아이를 재웠고, 아이가 잠든 것을 확인하고 나서야 주방으로 다시 돌아와 미뤄놓은 설거지를 했다. 거기서 끝이면 다행이겠지만, 설거지를 끝내면 다음 날 아침 준비를 미리 하고, 혹시 반찬이 떨어졌다면 그 늦은 시간에 반찬을 만들기도 했다. 이제 자볼까 싶으면 어질러진 거실이 눈에 들어왔다. 침실로 들어가는 대신 거실 정리를 택했다.

지금 생각하면 그렇게 미련할 수가 없다. 그 밤에 반찬은 왜 만들고, 아침은 대충 밥에 김이나 싸 먹어도 될 것을 국 없으면 죽는 것도 아닌데 잠 안 자고 국은 뭐 하러 끓였는지. 거실 좀 지저분하면 어때서 그걸 기어이 치우고 들어갔어야 했는지. 그러고는 맨날 피곤해 죽으려 하고. 그러면서 체력이 떨어졌다며 무리해서 점심 운동을 하고. 그러다 다치고.

한계는 극복하기 위해 있는 거라고, 내가 한계라고 생각하니까 자꾸만 힘들다고 느끼는 거라고 그렇게 나를 모질게 몰아붙였다. 되돌아보면 참 답답하다. 그렇게 닦달한다고 해서 크게 남는 것도 없는데. '한계를 왜 극복하지 못할까' 싶은 부정적인 생각들로 기분은 어수선해지고, 하루까지 망친다면 혹시 한계를 넘는다고 한들 얻는 것보다 잃는 게 더 많을 텐데.

아이가 고등학생이 되면서 나도 덩달아 취침시간이 늦어졌다. 내 평소 기상 시간은 새벽 5시쯤이었는데 수면 시간이 줄어든 탓에 원래 일어나는 시간대에 몸을 일으키기가 어려웠다. '조금만 버티면 익숙해지겠지' 하고 한동안 무거운 눈꺼풀을 억지로 올리며 버텼지만 결국 몸에서 신호가 왔다. 피부에 두드러기가 나기 시작했다. 스트레스가 쌓이거나 몸이 피곤하면 나타나는 일종의 SOS 신호였다.

예전의 나라면 더 이상 무리하지 말라는 신호를 무시하고 아무 일 없다는 듯이 지냈겠지. 스트레스 안 받는 사람이 어디 있냐며, 피곤하지 않은 사람이 어디 있냐며, 휴식이 아닌 약을 들이켰을 것이다.

지금은 내게 보내는 신호를 소홀하게 넘기지 않는다. 두드러기가 올라오면 잠을 늘리거나 휴식을 취한다. 그렇게 하다 보면 굳이 약을 먹지 않더라도 서서히 두드러기가 가라앉는다.

'한계는 한계로 받아들이자. 포기하자는 게 아니라 무리하지 말고 내가 할 수 있는 만큼을 열심히 하자.'

이제는 한계에 부딪혀 아예 포기해야 하는 일이 생기지 않도록 오히려 한계라고 생각되는 순간에 잠시 멈춰 내 상태를 살펴보기도 하고, 쉬기도 하고, 속도를 늦추기도 한다. 굳이 무리해서 한계를 뛰어넘으려 하지 않는다. 한계를 극복하겠다는 생각 대신 조금 시간이 걸리더라도 마치 외줄타기를 하듯 한계선에서 요리조리 균형을 잡으려 한다. 그러다 보면 어느 순간 나도 모르게 한계를 넘어설 때도 있고, 그렇지 않더라도 아직 포기한 것은 아니니 언제든 다시 시작할 수 있다고 나를 위로하기도 한다.

무리하다 넘어져 전치 몇 주, 혹은 회생 불가의 절망적인 판정을 받기보다는 이 편이 더 낫지 않을까? 오늘도 한계를 넘는 것보다 한계라는 거친 파도를 유연하게 타보려 한다.

내가 할 수 있는 범위를 인정하는 순간

한계를 극복하고 넘기보다는

한계라는 거친 파도를 유연하게 타게 되었다.

너무 애쓰지
않아도 되는 거였어

한 번쯤 부모님과 함께 해외여행을 가고 싶다고 생각했다. 여럿이 우르르 몰려다니는 패키지가 아닌 가보고 싶은 곳에 가서 관광도 하고, 현지 식당에서 맛있는 음식도 먹을 수 있는 자유 여행으로. 패키지 여행이야 부모님 두 분이서 마음만 먹으면 언제든지 갈 수 있지만, 해외로 자유여행을 떠나기란 내가 같이 가지 않는 이상 어려울 것 같았다. 낯선 곳에서 새로운 사람들과 만나고 새로운 경험을 하는 건 나이를 불문하고 즐거운 일이지만, 나이가 들수록 몸이 마음대로 따라주지는 않으니까.

그러던 차에 남편이 먼저 제의했다. "부모님하고 같이 여행 한번 다녀오면 어떨까?" 나야 좋지만 남편 입장에서는 불편할 수 있는 여행일 텐데 괜찮겠냐고 물었다. 남편은 부모님께서 엄청 좋아하실 것 같다며 같이 가자고 오히려 나를 설득했다. 나도 더 늦기 전에 가는 게 좋겠다고 생각했다. 그렇게 7박 9일간의 하와이 여행이 시작되었다.

비행기 예약을 시작으로 본격적인 여행 준비에 들어갔다. 대강 여행 코스를 잡고, 코스와 겹치는 위치에 있는 호텔을 정하고, 세부적으로 일정을 짜기 시작했다. 혼자였다면 계획에 차질이 생기거나 여행 도중 좋은 곳을 발견하면 일정을 바꿔 발 닿는 대로 가면 그만이었다. 하지만 부모님과의 여행은 만반의 준비를 다해야 했다. 밥을 먹기 위해 1시간을 기다리거나 이곳저곳을 헤매며 걸음을 낭비해서는 안 됐다. 가고자 하는 곳의 운영 시간은 물론 거리와 예상 도착 시간까지 계산했고, 식당을 찾느라 시간을 허비하지 않도록 미리 예약까지 하며 철저히 준비했다.

일정보다 더 신경을 쓴 부분이 바로 음식이었다. 부모님께서는 뭘 먹어도 상관없다고는 했지만 입에 안 맞는 걸 먹으면 바로 표시가 나는 두 분이었다. 일부러 음식 조리가 가능한 호텔을 잡았다. 하루 한 끼 정도는 꼭 한식이 있어야 할 것 같았다. 가져갈 수 있는 음식, 가져가면 유용한 재료를 검색해서 모조리 쌌다. 행여나 냄새가 나거나 샐까 봐 밑반찬을 이중, 삼중으로 단단히 쌌다.

뭐든 잘 먹는다던 부모님은 막상 하와이에 도착하니 아니나 다를까 '하와이는 음식은 별로네'라며 입에 안 맞는다 싶으면 식사를 잘하지 못했다. 보기에도 안쓰러울 정도로 억지로 먹는 게 보였다. 그럴 때마다 음식을 바리바리 싸 오길 참 잘했다는 생각이 들었다. 그런 날은 숙소에 도착해서 푸짐하게 한식을 차렸다.

우리의 일정엔 한 치의 오차도 없었다. 계획했던 관광지에서 예상한 시간 동안 재미있게 놀고, 예상한 시간만큼 이동해 예약한 식당에서 식사를 했다. 예상과 딱 일치했다.

여행 내내 부모님의 표정을 살폈다. 여행지를 마음에 들어 하는지, 너무 피곤한 건 아닐지, 숙소는 만족하는지, 지루하지는 않은지, 음식은 입맛에 잘 맞는지, 특히 몸 상태는 어떤지. 부모님이 즐거워하면 덩달아 즐거웠고 부모님 표정이 좋지 않으면 머리가 복잡해졌다. '대충 보고 다른 곳으로 가야 하나?', '다른 데를 알아볼까?', '오늘은 그만 숙소로 돌아갈까?' 인상이 조금 찌푸려지기만 해도 혼자서 수십 가지 고민에 시달리며 마음이 조급해졌다.

부모님과 같이 간 하와이 여행은 몇 년이 지난 지금도 종종 말할 정도로 기억에 남는 여행이 되었다. 즐겁고 행복했지만 그만큼 많이 힘들기도 했다. 나만큼이나 부모님 안색을 살피느라 고생한 남편에게 '다시 다 같이 하와이를 갈 날이 또 있을까?'라고 물었다. 남편의 답변은 의외였다.

"그땐 너무 잘하려고 애썼던 거 같아. 그렇게까지 하지 않아도 되는 거였는데."

남편은 모를 줄 알았다. 왜 그때 우리의 하와이 여행이 그렇게 힘들었는지. 여행 준비부터 여행을 하는 와중에도 모든 신경은 부모님에게 가 있었다. 그 어떤 여행보다도 편안하고 즐겁고 행복한 여행을 부모님에게 선물해주고 싶었다.

당시에는 잘 몰랐지만 나중에 생각해보니 내심 마음 깊은 곳에서 '너희들 덕분에 호강한다'는 말이 듣고 싶었던 것도 같다. 그러지 않고서는 그렇게까지 과하게 신경 쓸 이유가 없었다. 서로 편하게 즐기다 와도 충분히 좋았을 여행이었는데 내 마음에는 여유가 없었다. 여행이 계획대로 되지 않을 때도 있는 법인데도 계획에 차질이 생길까 여행 내내 조마조마했다.

몇 년이 흐른 후에야 내가 왜 그 좋은 곳까지 가서 맘껏 즐기지 못했을까 곰곰이 생각해보았다. 잘하려는 마음, 인정받으려는 마음이 앞섰기 때문이었다.

다시 모두 함께 여행을 갈 일이 있을지 모르겠지만 만약 가게 된다면 좀 더 여유로운 마음으로 즐기는 여행을 할 수 있지 않을까 싶다. 준비가 미흡해도 기대보다 볼 게 없어도 음식이 입에 맞지 않아도 '여행이 다 그런 거지' 하며. 너무 애쓰지 않아도 되잖아.

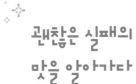

괜찮은 실패의
맛을 알아가다

최근 들어 실패의 맛을 많이 본다. 응모에 참여했다 떨어지기도 하고, 제의 메일을 보냈다가 거절당하기도 하고, 큰 액수는 아니지만 투자한 곳에서 손해를 보기도 하고. 그런데 가만 생각해보니 10년이 훨씬 넘도록 직장 생활을 하는 동안에는 그다지 실패한 경험이 없었던 것 같다.

실패라고 해봤자 기껏해야 승진 누락 정도랄까. 이마저도 실패라고 하기가 뭐한 게 애초에 도전한 적이 없었다. 회사에서 연차 되면 알아서 시켜주는 건데 나 혼자

'올해는 대상이겠구나' 했다가 누락되면 잠깐은 실망해도 '올해 아니면 내년에는 되겠지' 하고 말아서 크게 실패라고 할 것도 없었다. 게다가 막상 승진해도 월급은 오르지만 그만큼 세금도 오르니 크게 달라지는 것도 없어서…. 큰 의미는 두지 않았다.

그것 말고는 딱히 실패랄 게 없었다. 하라는 일만 열심히 했으면 됐고, 욕심을 부렸다면 일 잘한다는 얘기는 듣고 싶었다. 그 외에는 늘 실패하지 않을 정도의 일, 어느 정도 가능성이 있어 보이는 일에만 도전했다. 돌이켜 보니 참 무미건조하고 재미없게 살았다. 뭐 했나 싶기도 하고. 물론 그때의 나는 하루하루가 벅차다고 느꼈겠지만.

예전과는 달리 지금은 뭔가 해볼까 하는 마음이 들면 '해보지 뭐. 안 되면 말고'란 생각이 먼저 든다. 예전의 나라면 있을 수 없는 일이다. 전에는 시작도 하기 전에 될 확률, 안 될 확률을 따져보고, 됐을 때의 장단점, 안 됐을 때 감수해야 할 손해까지 이것저것 꼼꼼히 계산했다. 실패했을 때의 허탈함과 창피함을 견딜 수 없을 것 같아서였다. 그래서 기회인데도 불구하고 도전보다는 안전한 길을 택하지 않았나.

내 태도가 변한 건 환경의 영향이 크다. 전에는 주변에 전부 나 같은 사람들 아니, 나보다 더한 사람들 천지였다. 뭐 좀 해보려 하면 '그건 해서 뭐하게', '힘들게 그건 뭐 하려 해'라는 말을 가장 먼저 들었다. 지금은 내가 조금만 고민을 해도, 어느 땐 고민도 하기 전에 '일단 해봐'란 말이 먼저 돌아온다.

주변이 바뀐 데에는 퇴사가 큰 역할을 했다. 퇴사 선물이었는지 회사를 그만두고 나서 우연히 긍정적이고 적극적인 사람들을 만나게 되었다. 사람은 사람을 부른다는 말처럼 어느새 내 주변에는 온통 '일단 해봐'라는 사람으로 넘쳤다.

나는 사람들 앞에서 말을 잘 못하는 편이다. 성격 탓도 있겠지만, 여러 사람 앞에서 말할 기회가 거의 없기도 했다. 어려서부터 필요한 말만 하는 과묵한 아이였고,

회사에서는 번역 일의 특성상 혼자 집중해서 일해야 하기에 다른 사람에게 말을 거는 일은 최대한 자제했다. 점심시간에 잠깐 수다 떠는 것을 제외하면 하루 종일 말 한마디 하지 않고 퇴근하는 날도 많았다.

그런 내가 사람들 앞에 나서서 말하게 된 건 독서모임을 하고 나서부터였다. 책을 읽고 내 생각을 사람들 앞에서 말하기가 어찌나 떨리던지. 몇 십, 몇 백 명도 아니고 열 명 남짓 모인 자리에서 뭐 그렇게 염소 소리를 내면서 긴장했나 싶지만, 그땐 정말 대통령 연설 저리 가라할 만큼 입 열기가 너무나도 떨렸다. 최대한 자연스럽게보이려던 입꼬리는 그렇게 부자연스러워 보일 수 없었고, 그런 내가 안쓰러웠던지 사람들은 '괜찮으니 마저 하세요' 하는 듯한 미소로 나를 더 긴장하게 만들었다.

그런 내게 독서 모임 발표와는 비교도 안 될 만큼의 어려운 일이 생겼다. 다름 아닌 북토크였다. '할 수 있을까?'부터 '해도 되나', '망신만 당하고 오는 건 아닌가'로 이어지기까지 오만 가지 생각이 들었다. 별로 할 말도 없을 것 같고, 질문을 받으면 제대로 대답도 못할 내 모습이 창피해 북토크 제의를 몇 번이고 거절했다.

"못하면 어떡하죠?"

"뭐 어때요. 해보는 거지."

결국 평소에 친분이 있던 지인의 제의에 못 이겨 북토크를 하게 되었다.

생애 첫 북토크는 그럭저럭 성공적이었는지 아닌지 모르겠다. 확실한 건 그날도 변함없이 덜덜 떨리는 목소리가 내 귀에도 들릴 만큼 긴장했다는 점이고, 인심 좋은 지인은 분위기가 좋았다며 칭찬해주었다. 칭찬은 칭찬으로 받아들이는 게 똑똑한 방법이지만 찜찜함은 어쩔 수 없었다.

과연 내가 그 자리에 모인 사람들에게 다른 일을 제치고 올 만큼 값진 시간을 제공해줬는지 묻는다면, 확신에 차서 고개를 끄덕이지는 못하겠다. 그래도 그날 나는 꽤 괜찮은 실패를 했다고 생각한다.

막상 부딪혀 보니 '몇 번만 더 해보면 지금보다는 능숙해지겠지?' 싶은 자신감이 생겼고, 떨긴 했어도 하고 싶은 말들을 남들 앞에서 모두 해냈다는 만족감도 있었다. 그리고 무엇보다 하이에나인 줄 알았던 이들이 사실은 온순하고 친절한 청중들이라는 사실을 깨닫게 되었다. 긴장감이 커질수록 '어디 뭐라고 하나 한번 들어보자' 하고 꼬투리를 잡으려 벼르고 있을 거라 지레짐작하며 겁을 먹었던 나는 차츰 조그마한 여유를 갖게 되면서 색안경을 벗게 되었다. 자발적으로 참가 신청을 해 모인 사람들인 만큼 빈 부분이 많은 나라는 사람을 못살게 굴려는 게 아니라 정말 순수한 의도로 소통하고픈 사람들이 모인 자리라는 걸 알게 되었다.

이를 계기로 사람들 앞에서 내 이야기를 펼칠 기회가 몇 번 더 있었다. 뭐, 역시 결과는 폭망이었다. 열심히 준비한다고 했지만 강연자인 내가 듣기에도 강의는 지루했고, 지루해서 분위기도 영 별로였다. 처참한 마음으로 집에 돌아왔는데, 아이가 강의는 잘했냐고 물었다. '아니, 강의 너무 못했어'라고 하니 '괜찮아. 열심히 준비했잖아. 그게 중요하지'란다. 지인 한 명도 SNS를 통해 내게 강의는 어땠냐고 물어왔다.

"못했어요."

"그런 게 어디 있어. 했다는 게 중요한 거지."

그래. 했다는 게 어디야. 내가 이런 경험을 할 수 있을 거라 어디 상상이나 했겠어?

조금씩 실패에 의연해지려고 하지만 아직도 실패가 두렵다. 여전히 실패하면 어쩌나 조마조마하고, 실패하면 마음에 큰 구멍이 생긴 것처럼 공허해지고, 우울감도 몰려온다. 아마도 예전의 내가 도전하지 못했던 이유는 이런 불안함과 공허함을 느끼고 싶지 않아서였을 것이다.

그렇지만 여전히 실패가 무서운 내가 이전과는 조금 달라진 점이 있다면 실패하더라도 낙담만 하고 있지 않고 실패의 맛을 꼭꼭 씹어가며 느껴본다는 것이다. '실패도 할 수 있는 거지'라는 마음으로 혹시 톡 쏘는 실패의 매운맛에 혀끝이 얼얼해도 '맵단맵단'이라는 말처럼 실패의 매운맛이 성공의 단맛을 부를 수도 있으니까. 그렇다면 꽤 괜찮은 실패 아닐까?

시작도 하기 전에

될 확률, 안 될 확률을 꼼꼼히 계산했다.

실패했을 때의 허탈함과 창피함을

견딜 수 없을 것 같아서였다.

그래서 기회인데도 불구하고

도전보다는 안전한 길을 택하지 않았나.

예리하지만
꽤 둔해요

　　같은 이야기를 듣고도 감정이 북받친 친구에게 '진정해. 왜 이렇게 흥분해?'라며 북받친 감정을 가라앉히는 것이 내 역할이다. 내가 주로 하는 대사는 '이게 그렇게까지 화낼 일이야?', '이게 그렇게 기쁠 일이야?'다.

　　이성이 감성을 컨트롤하는지 마음이 싱숭생숭해지려 하면 마음 한구석에서 정신이 번쩍 들게 '그거 그럴 일 아니야!'라고 소리친다. 그러면 머리를 탁 맞은 것처럼 잠시 저쪽으로 뛰쳐나갔던 정신이 돌아오는 듯하다. 그래, 그럴 일 아니지.

누군가의 말에서 논리적 허점도 잘 발견한다. '어머, 진짜? 대~박'이라는 친구들 사이로 '그런데 이건 좀 말이 안 되지 않아?'라며 대화를 한풀 꺾어놓기도 한다. 신이 나서 말하던 사람도, '대~박'을 외치던 사람도 '어? 그러게…'라며 고개를 갸웃거리는 상황을 만드는 사람이 바로 나다.

대화를 나누다 보면 상대방 생각도 금방 알아채는 편이다. 상대방의 의도나 의견을 금방 알아채긴 하지만 감정을 헤아리는 일에는 소질이 없다. 그냥 토닥토닥해주면 될 일을 이성적으로 판단해 문제 상황을 직시하려 하거나 상대방의 감정도 이성적으로 판단하려는 성향 때문에 오해를 받기도 한다.

이런 나에 대한 사람들의 평가는 극과 극이다. 좋게 보는 사람은 생각이 예리하고 감정 기복 없이 차분해서 좋다고 하고, 그렇지 않은 사람은 생각이 삐딱하고 정 없고 냉랭하다 한다. 어떤 평가든 100퍼센트 맞지도 100퍼센트 틀리지도 않다. 예리할 때는 예리하지만 둔할 때는 꽤 둔하다. 항상 차분한 것도 아닐뿐더러 겉으로는 그렇게 보여도 속에서는 혼자 난리통일 때도 많다.

누군가의 평가와 판단에 상당히 민감하던 때가 있었다. 지금이라고 그 평가에서 완전히 벗어난 건 아니지만. 누군가 나를 보고 생각이 깊다거나 남다르다고 하면 은근히 기분이 좋아지면서 그에게 나의 특별한 면을 더 보여주려 애썼다. 감정 기복이 없어서 부럽다는 말을 들을 때면 속으론 열불이 나더라도 애써 평온함을 유지하려 안간힘을 다했다.

반대로 누군가 내게 냉정한 사람이라며 평가할 때면 뭘 보고 그렇게 얘기하는 거냐며 냉정하게 따져 물었다. 그러면서 나는 네가 생각하는 그런 사람이 아님을 증명해 보이려 나답지 않은 모습을 나다운 모습인 양 어색하게 행동했다.

얼마 전에 오랜만에 O와 통화할 일이 있었다. "너원래 차갑잖아. 사람들이 다 너 차갑다 그래." 갑자기 뭐야. 시비 거는 건가? 싸우자는 건가? O는 우리가 그동안 만난 정이 있는데 어떻게 그동안 연락 한 번을 안 하느냐고 했다. 자기도 연락 안 했으면서….

"혼자 너무 행복하게 사는 거 아니야? 사람들도 좀 만나고 그래라." 할 말은 많았지만 대충 알았다 하고 전화를 끊었다.

전화를 끊고 한참을 생각했다. O는 도대체 왜 이런 말을 하는 걸까? 우선 자신에게 연락이 없었던 것에 대한 섭섭함이 가장 큰 듯했고, 두 번째는 SNS상의 내 모습을 의식한 게 아닌가 싶었다. 한참 연락하지 않았는데도 최근 내 소식을 꿰고 있는 걸 보니.

설레는 마음으로 상대방과 만나길 바라는 게 아니라 누군가가 연락해주길 기다리면서 만남에 집착 아닌 집착을 하는 건 지금 자신의 삶이 만족할 만큼 즐겁지 않다는 뜻 아닐까. 충분히 만족하는 삶을 살고 있다면 굳이 누군가를 만날 생각이 들까? 그렇지 않더라도 퉁명스럽게 만나자고 하지는 않을 것 같은데….

그리고 다른 사람의 SNS가 신경 쓰였다는 건 자존 감이 그만큼 떨어졌다는 얘기이기도 하다. 스스로에게 만족한다면 남이야 어떻게 살든 상관 않지 않을까? 그렇지 않을 때 남과 나를 비교한다. 거기서 그치지 않고 자기 자신을 초라하게 여기거나 아니면 애써 남을 낮게 평가한다.

　O의 삶의 만족도나 자존감까지 체크하고 나설 것까진 없지만 O와의 짧은 통화는 내게 이런저런 생각들을 남겼다. 그러니 차갑다는 말, 특히 사람들도 다 그렇게 말한다는 말은 그저 나를 비난하거나 깎아내리고 싶어서 했던 말이란 내 나름의 결론을 내렸다. 뭐, 그게 아니라면 나를 평가하면서 자기 자존감을 채웠는지도 모르겠고. 사람은 누군가를 평가할 때 우위에 선 기분을 느끼니까.
　이런 결론을 내고 나니 굳이 그의 말에 불쾌해할 필요도, '누가 그러는데?'라며 씩씩거릴 필요도 없었다.

왜

안 보이는 거냐고

    방금 전까지 보이던 포스트잇이 보이지 않는다. 분명 책을 들고 침대로 오면서 옆에 두었는데 어디에 갔는지 없다. 베개를 들어 봐도, 침대에서 내려와 이불을 탈탈 털었는데도 어디에도 없다. 바닥에 떨어졌나 싶어 바닥을 살펴봐도, 침대 옆 테이블에 두었나 싶어 테이블 위를 찾아봐도, 혹시 다른 책 속에 들어갔나 싶어 다른 책들을 하나씩 흔들어 봐도 없다. 침대 헤드와 매트리스 사이에 끼었나 싶어 손으로 넣어봤는데도 나오지 않으니, 아… 슬슬 짜증이 올라온다.

난 물건을 옆에 두고도 잘 못 찾는 편이다. 어릴 적 엄마는 그런 나를 참 답답해했다. 가서 뭐 좀 가지고 오라며 간단한 심부름을 시켜도 한참을 헤맸다. 엄마가 위에서 몇 번째 칸, 어디 옆에 있다고 자세히 알려줘도 못 찾을 정도였으니, 어른들이 아이들을 놀릴 때 하던, 착한 아이 눈에만 보인다는 말은 진짜 맞는 말이었나. "엄마, 없어!" 심부름을 시킨 지가 언젠데 아직도 헤매고 있는 딸을 답답해하며 엄마는 한숨과 함께 터벅터벅 걸어와서는 단박에 물건을 찾았다. 그렇게 찾던 물건이 그제야 눈에 들어온다. 방금까지 분명 없었는데….

늘 이런 식이다 보니 나도 물건을 못 찾는 내가 답답하다. 우리 집에서 제일 자주 찾아다니는 건 치약이다. 이상하게 우리 식구는 치약을 화장실에서 짜고 제자리에 두는 게 아니라 한 손에는 칫솔, 한 손에는 치약을 들고 나와서는 거실에서 치약을 바른다. 그러고는 소파에 앉아서, 혹은 각자의 방에서, 때론 식탁 의자에 걸터앉아서 양치질을 한다. 그러다 보니 치약은 대충 어딘가에 놓여 있다. 쓰려고 하면 한참 찾아야 하고, 꽁꽁 숨어 있던 치약은 소파나 식탁, 싱크대 위에서 발견되기도 하고, 아이 책상 위에서 발견되기도 한다. 안방 침대 위에서 발견될 때면 어이가 없다.

"아니, 이걸 왜 여기다 둬."

이럴 때면 분명 쓴 사람은 있는데 둔 사람은 없으니, 신기한 일이다.

물건을 잘 못 찾는 나는 잃어버린 치약을 찾을 시간에 새 치약을 꺼내길 택한다. 찾는 데 시간도 걸리고 찾다가 이성을 잃고 폭발할 수도 있어서. 앞서 이야기했다시피 찾으려고 하면 보이지 않고, 아무 생각 없이 뭔가를 들추다 보면 없어졌던 치약이 나오는 기이한 능력을 갖고 있는 나니까 '언젠가 찾겠지' 싶기도 하다.

그런데 간혹 새 걸 꺼낼 수 없는 물건들이 있다. 안내장이라든가, 외부에서 보내온 서류 같은 것들이다. 이것들은 잃어버리면 아주 곤란하다. '잘 둬야지' 하고선 두었던 곳을 잊어버리는 일이 허다해서 이럴 땐 꼭 아이에게 '엄마 이거 여기다 뒀다. 나중에 물어보면 여기에 뒀다고 말해줘'라며 혹시 모를 만일까지 대비해둔다. 이래놓고 둘 다 기억 못할 때도 있지만.

여전히 포스트잇은 보이지 않는다. 천천히 심호흡하며 '괜찮아. 일단 다른 거 쓰면 돼'라고 차오르는 짜증을 눌러본다. 약간 이성을 잃어갈 때쯤 아이가 와서 말을 걸었다. 가능한 침착하게, 아무 일도 일어나지 않은 듯 평소대로 대답했다고 생각했는데 아이가 내 표정을 보고는 단박에 뭘 찾냐고 물었다. 난 하는 수 없이 책에 붙이는 작은 사이즈의 포스트잇을 못 봤냐고 물었다. "어디서 봤는데…." 아이도 함께 포스트잇 수색에 나서려고 하자 일이 너무 커지는 것 같아 그만두기로 했다. 며칠 내로 어디에선가 나오겠지. 책이나 마저 읽자.

몇 분 지나지 않아 난 역시 많이 부족한 어른임을 확인한다. 아니, 이 조그만 게 어디 간 거야! 아, 진짜!

어릴 때 아이는 늘 갖고 놀던 장난감이 보이지 않으면 없어졌다며 눈물을 뚝뚝 흘리곤 했다. 그럼 나는 아이를 달래며 찾아주겠다며 나섰다. 아이를 키우다보면 없던 능력도 나타난다더니 정말 그런가. 그땐 없어진 물건도 금방금방 찾았다. "여기 있네." 찾던 물건을 받아든 아이는 세상을 얻은 듯 기뻐했다. 이젠 아이가 나를 달래며 진정하라고 한다.

"엄마, 이거 여기 있었네."

이럴 땐 내가 애고, 아이가 어른인 것 같다. 어른인 나는 뭐가 없어졌다고 해서 울지는 않지만 울고 싶은 심정이다. 왜 내 눈엔 안 보이는 거냐고. 도대체 왜!

꼭
행복해야 할까

술이 좀 취하면 '행복하니?'라고 묻는 지인 U가 있다. 행복하다고 답하면 '그래? 근데 왜 내 눈에는 하나도 안 행복해 보이냐'라고 반문한다. 뭐 어쩌라는 건지. 내가 행복하다는 걸 어떻게 증명이라도 해야 되는 건지.

중학생 때였던 걸로 기억한다. 선생님이 학생들에게 물었다. 인생의 최종 목표가 뭐라고 생각하냐고. 돈 많이 버는 거라는 친구도 있었고, 성공이라는 친구도 있었다. 선생님은 돈 많이 벌고, 성공하면 뭐 할 거냐고 학생들에게 한 번 더 물었지만 선생님에게는 이미 정해진 답이 있던 듯 보였고, 학생들의 입에서 원하는 답이 나올 때까지 질문은 계속될 것 같았다. 시간이 지나도 답이 나오지 않자 선생님의 표정에는 어느덧 답답함이 서려 있었다. 목소리 톤도 이전보다 약간 높아져 있었다. "사는 목표가 뭐겠어? 왜 사는 거 같아?" 이럴 거면 그냥 답을 알려주면 될 걸. 선생님만큼이나 답답한 마음에 무심코 혼잣말이 튀어나왔다.

"행복?"

선생님은 내 혼잣말이 혼잣말로 허공에 날아가지 않도록 재빨리 잡아챘다. "방금 누가 말했어? 뭐라고 그랬어?"

나지막한 목소리로 다시 말했다. 행복. 선생님은 그제야 환해지며 "그렇지. 행복이지. 사람들이 왜 이렇게 열심히 살겠어. 다 행복해지려고 그러는 거지. 돈이나 성공도 다 행복하기 위해서 얻으려는 거고." 선생님은 꽤 흥분했다. 그런 선생님과 달리 난 고작 '행복' 얘기하려고 이렇게 시간을 끌었나 싶었다.

인생의 최종 목표가 진짜 행복일까? 그럼 돈도 성공도 다 행복을 위한 걸까? 그럼 돈 많고 성공도 했는데 행복하지 않은 사람은 뭐지?

어른이 되는 과정 속에서 이따금 행복에 대한 의심이 든다. 행복이 모든 감정을 다 아우를 만큼 강력한 감정인가? 행복하냐는 질문에 선뜻 그렇다고 대답하지 못하면 불행한 걸까? 항상 행복해야 하나? 매 순간순간이 행복으로 채워진 삶이 과연 있을까?

이 모든 질문에 '아니오'라고 답하고 싶다. 행복 하나면 충분할 만큼 사람의 감정은 그렇게 단순하지 않다. 행복하지만 슬프기도 하고, 행복하지만 마음 한구석이 아릴 때도 있다. 행복하면 끝이라고 할 만큼 행복은 그렇게 강력하지도, 그 순간이 그렇게 길지도 않다. 행복은 찰나이고 이게 행복인가 싶을 만큼 희미할 때도 많다. 가끔은 억지로 '이런 게 행복인 거지, 행복이 별거겠어'라고 할 때도 있을 정도로. 오죽하면 행복은 찾는 것이 아니라 만드는 것이라고도 할까. 어떻게든 행복이라고 생각하면 행복이 된다는 얘긴데 그런 것 치고는 행복에 너무 많은 의미를 부여하고 있는 게 아닐까?

누군가 내게 행복하냐고 물으면 난 이렇게 되묻는다.

"꼭 행복해야 해?"

나의 하루하루가 모두 행복하지는 않다. 그렇다고 '난 왜 이렇게 불행할까'란 생각도 하지 않는다. 매일이 행복한 건 아니지만 나름대로 하루하루 의미 있는 삶을 살아가고 있다. 가끔은 '나 오늘 뭐 했지?' 하는 날도 있지만 그렇다고 불행하다고 느끼진 않는다. 의미 있는 하루를 보내진 않았더라도 어쨌든 하루를 산 거 아닌가. 좀 찜찜하긴 해도 대신 개운한 내일을 살면 되는 거니까.

봐주는 사람

"아니, 본인이 기분 나쁜 걸 왜 나한테 풀어."

어느 날 아이가 말했다. 무슨 일인지 물었더니 친구가 뭔가 안 좋은 일이 있는지 괜히 자기한테 짜증을 냈다고 한다. 내 기억으로 전에 이런 비슷한 경우가 몇 번인가 더 있었던 것 같았다. '걔 말하는 거지?'라고 물으며 친구 이름을 댔더니 맞다며 아이가 자초지종을 설명했다. 심각한 일은 아니었지만 아이 입장에서 보자면 충분히 짜증이 날 만한 상황이었다. 난 아이 편을 들어준답시고 말했다.

"걘 맨날 그러네. 걔 좀 별로인 거 같아. 걔랑은 그만 놀아." 방금 전까지 씩씩거리던 아이가 갑자기 냉정해졌다.

"뭘 이런 거로 놀지 마. 살다 보면 그럴 수도 있지."

하루는 아이가 친구와 약속이 있다며 나갔다. 그런데 나간 지 몇 분도 채 지나지 않아 다시 돌아왔다. 만나기로 한 친구가 이제야 씻는다며, 준비가 다 되면 다시 연락한다고 했단다. '걔도 참 그렇다'라고 난 생각했지만 아이는 그다지 신경 쓰지 않는 것 같았다. 그런데 한참이 지나도 연락이 없자 아이도 슬슬 짜증을 내기 시작했다. 친구에게 전화를 걸어 '아직도 멀었어?', '뭐 하냐?'며 좀 화를 내는 듯했다.

"그런 애랑은 그만 어울려. 친구가 배려가 없네." 진심으로 하는 말은 아니었고, 아이의 반응이 궁금했다. 아이는 웃으며 말했다.

"이거 빼곤 다른 건 다 괜찮아."

난 아니다 싶은 사람은 빨리 정리하는 편이었다. 그

렇다고 곧장 싹둑 잘라내는 건 아니지만 마음에서만큼
은 가차 없이 아웃이었다. 일단 마음에서 아웃이 되면 실
망스런 행동을 해도 흥분 대신 '그래. 이 사람은 원래 이
런 사람이야'라며 더 이성적으로 생각하게 되고 냉정해
졌다. 아마도 나의 냉정함이 밖으로 배어 나와서인지 상
대방도 점점 나와 거리감을 느끼는 것 같았고 결국에는
멀어졌다.

지금은 '그럴 수도 있지'란 마음을 가지려 한다. 나
를 많이 관찰하고 나서부터다. 어딘가 마음이 불편할 때
마다 나를 많이 관찰했다. 뭐가 불편한 건지, 어떤 마음
인 건지, 왜 이런 마음이 생긴 건지 등을 들여다보니 '나
란 사람도 생각보다 꽤 별로구나'란 생각이 들었다. 겉으
로는 아닌 척해도 시기와 질투도 있고, 남보다 내가 잘됐
으면 하고 바라기도 하고, 실제보다 더 잘나 보이고 싶을
때도 있다. 내 이익을 위해서 상대방이 양보 좀 해줬으면
하는 말도 안 되는 욕심이 들 때도 있다. 실수가 조용히
묻히길 바라기도 하고, 돈 앞에서 흔들리기도 하고, 때론
그냥 좀 모든 게 내 맘대로 됐으면 싶었다.

나에게도 이런 추한 모습이 있다는 걸 생각하면 상대방이 하는 행동이 별로다 싶다가도 '사람이니까. 뭐 나는 안 그런가'라며 한 번쯤은 너그러워질 수 있었다. 물론 반복되면 다시 전처럼 차가워지지만.

그런데 아이 일에서는 나도 모르게 '아니다 싶은 애는 처음부터 만나지 마' 하는 마음이 다시 생겼나 보다. 이런 나와는 달리 '뭘 이런 걸 가지고. 다른 건 다 괜찮아'라고 말하는 아이가 어쩐지 나보다 몇 배는 더 어른스럽게 느껴졌다.

아이는 내가 종종 '걔 자주 그러는 거 같더라'라며 친구를 나무라면 '나도 그럴 때 있어'라고 수줍게 말하곤 한다. 아이는 이미 알아서 봐줄 건 봐주고 넘길 건 넘길 수 있는 너그러움을 갖고 있는 것 같았다. 나는 마흔을 넘긴 나이에 겨우 갖게 된 것을. 아이가 내게 보내는 눈빛에서 '엄마 좀 실망이야' 하는 마음이 느껴지는 듯했다. 혼자만의 찔림인지는 몰라도 순간 조금 많이, 부끄러웠다.

남보다 내가 잘됐으면 싶기도 하고,

내 이익을 위해서 상대방이

양보해줬으면 하고 욕심이 들 때도 있다.

나에게도 이런 모습이 있다는 걸 생각하면

상대방이 하는 행동이 별로다 싶다가도

'사람이니까. 뭐 나는 안 그런가'라며

한 번쯤은 너그러워질 수 있었다.

보정 좀
세게 해주세요

　사진 찍는 걸 별로 좋아하지 않는다. 정확히 말하자면 사진 찍히는 걸 좋아하지 않는다. 짧은 순간이지만 카메라 셔터가 눌리기까지 자연스럽게 연기해야 하는 어색함을 참아내기가 힘들다. 그리고 멋쩍은 포즈는 사진에 그대로 나타난다. 웃는 것도 아닌 우는 것도 아닌, 좋은 것도 아닌 싫은 것도 아닌, 모두들 활짝 웃는데 나만 화난 것 같은 애매한 표정. '화났어? 좀 웃어라'라는 주문에도 고장 난 로봇처럼 입꼬리는 제멋대로에 팔다리는 딱딱하게 굳어버린다. 게다가 요즘은 내 사진을 보고 깜

짝깜짝 놀랄 때가 많다. 뭐야! 왜 이렇게 나이 들어 보여? 이래서 내가 사진 안 찍는다고 했지!

SNS에 내 사진을 공개한 지는 그렇게 오래되지 않았다. 부끄럽고, 공개하면 불편하지 않을까 하는 혼자만의 걱정이 있었다. 그러다 어느 순간부터 하나둘 올리기 시작했다. 좋아하는 사람들과 함께 찍은 사진을 올리고 싶은데 나만 뺄 수도 없었기 때문이다.

조심스럽게 시작한 사진 공개였는데, 몇몇 모임에 다니면서 단체 사진을 찍다 보니 뜻하지 않게 내 모습이 여기저기에 자연스럽게 공개되었다. 이쯤 되니 어쩔 수 없지. 그냥 받아들이기로 했다. 일일이 '저기, 잠깐! 제 사진은 좀 내려주시겠어요?'라고 하는 것도 번거로운 일인 데다가, 뭐 대단한 얼굴이라고. 누가 신경 쓴다고.

그래도 단체 사진은 마음의 준비라도 하고 찍고, 게다가 콩알만 하게 나와서 그나마 양호한 편인데 가끔은 그렇지 않을 때도 있다. 첫 책을 내고 가끔 사진을 같이 찍자는 사람들이 있었는데 너무 가까이 찍어 놀란 적이 몇 번 있었다. 가끔 셀카 모드인지 모르고 핸드폰 카메라를

켰다가 내 얼굴이 비칠 때면 나도 깜짝 놀라는데 이렇게 가까이 찍어서 뭐 하려고. 이거 혹시 어디에 올리려는 건 아니겠지. 그런 사진을 SNS상에서 발견하면 충격에 잠시 동안 헤어 나오기 힘들다. 아니, 왜 굳이 이런 사진을….

얼마 전 아이가 학교에 제출할 사진을 찍어야 했다. 사진관에서 사진을 다 찍고 이름과 연락처를 남기려는데 아저씨가 보정은 얼마나 해주냐고 물어봤다.

보정? 학교 안내문에서도 보정 사진은 안 된다는 말을 본 것 같아서 '보정 안 되는 걸로 알고 있는데 아닌가요?'라고 물었더니 아저씨가 한숨을 내쉬며 '내가 보정 때문에 골치가 아프다니까요'라고 답했다. 학생들의 보정 요구가 아주 디테일해서 몇 번이나 재수정 요구를 받는다며 고개를 절레절레 흔들었다. 그러더니 여러 사진 중에 두 장의 사진을 꺼내 테이블 위에 올려놓고는 어느 쪽이 더 나아 보이냐고 물었다. 하나는 아저씨가 처음에 보정한 사진이고 나머지 하나는 학생의 요구로 보정을 추가한 사진이라고 했다. 아무리 봐도 뭐가 다른지 구분되지 않았다. 둘 다 예쁘기만 한데 어디가 다른 거냐고 물었더니 보정을 더 한 쪽이 좀 더 갸름하고 피부도 더 하얗다고 한다. 흠… 그런 것도 같고 아닌 것도 같고.

사진관을 나오면서 피식 웃음이 나왔다. 애나 어른이나 왜들 그렇게 자기 모습을 있는 그대로 받아들이질 못하는 건지. 통통할 땐 조금이라도 더 갸름해 보이고 싶어 하고, 뭘 해도 얼굴 살이 안 붙을 땐 어떻게 하면 통통해 보일지 고민하고. 그나마 사춘기 소녀는 한창 외모에 신경 쓸 때라 그렇다지만 중년의 아줌마는 왜 그러는 걸까. 주름 하나, 잡티 하나 더 늘었다고, 탄력 좀 잃었다고 해서 누가 신경 쓴다고. 마음의 준비를 하고 찍건 아니건 거기서 거기일 테고 뭐가 됐든 다 내 모습인걸. 어쩌면 준비 없이 찍히는 사진이 진짜 내 모습에 더 가까울 수도 있는데.

별로 마음에는 안 들어도 어쩌겠나. 받아들이고 살아야지. 얼굴보다는 인품이다 생각하면서. 그런데 문제는 인품이 나은 것도 아니잖아? 얼굴보다는 인품 보정을 먼저 해야겠다.

PART. 5

내 몫을 다하는
어른이 되려면

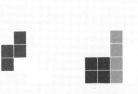

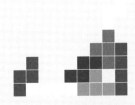

감정에도
책임이 필요하다

친구 A로부터 전화를 받았다. "난데, 뭐해?" 전혀 이상할 게 없는 멘트였지만 불길한 예감을 지우지 못했고, 슬픈 예감은 틀리지 않았다. A는 대뜸 내게 물었다. "나한테 섭섭한 게 뭐야?" 갑작스런 질문에 적잖이 당황했다. "아니, 너도 그렇고 K도 그렇고 다들 나한테 불만이 많은 것 같은데 도대체 나한테 섭섭한 게 뭔가 하고." 이건 또 무슨 말인가. 갑자기 여기서 K는 왜 나오는 건지. 일단 A의 말을 더 들어보기로 했다.

A가 내게 전화를 건 이유는 자신과 K 사이에서 문

제가 있었는데 K의 뒷담화를 같이 해달라, K가 아닌 자신의 편을 들어달라는 것이었다. 나와 연락이 닿기 전부터 이미 하고 싶은 말이 한가득이었을 A에게 나는 중립적인 입장에서 대꾸했다. 자신이 기대하던 바와는 다른 방향으로 통화가 흘러가자 그거 하나 못 받아주냐며 잔뜩 성을 내고 A는 먼저 전화를 끊었다.

통화가 끊긴 핸드폰을 손에 들고 아주 잠깐 동안 그냥 좀 들어주면서 '속상했겠네' 말 한마디 해주는 게 뭐 그렇게 어렵다고 그걸 안 해줬나 싶었다. A 말대로 역시 난 공감 능력이 없는 건가? 아니지, 그건 아니지! 불쑥 전화해서 난데없이 실컷 화풀이를 해놓고 그냥 좀 받아달라고 하는 건 어린애가 엄마에게나 하는 행동 아니야? 난 A의 엄마도 아니고, 내 아들은 따로 있는데! 아니, 엄마한테도 그러면 안 되지.

순간의 감정에 휩쓸려 누군가에게 하지 말아야 할 말과 행동을 해놓고 나중에 마음이 진정되면 해맑은 목소리로 다가와 '미안. 내가 순간 욱했어. 내가 잠깐 어떻게 됐었나 봐'라는 사람. 그러고는 '사람이 살다보면 그럴 수도 있잖아' 하고 너스레를 떨며 상대방에게 쿨하게 넘어갈 것을 돌려서 요구한다. 다짜고짜 자기감정을 쏟아내는 것도, 자신은 이제 기분이 풀렸으니 상대방도 기분을 풀어야 한다고 생각하는 것도. 어쩜 이렇게 제멋대로인지.

어른의 조건으로 많은 사람들이 '책임'을 꼽을 것이다. 흔히 책임이라고 하면 일이나 행동에만 요구되는 것으로 생각하지만, 자기감정에도 책임이 따른다고 생각한다. 다시 말하면 자기감정은 자기가 감당해야 한다는 뜻이다. 내 감정으로 인해 다른 사람까지 아프고 힘들면 안 되는 거니까.

사람들은 흔히 기쁨은 나누면 배가 되고 슬픔은 나누면 반이 된다고 하지만 글쎄, 아닌 것 같다. 내게는 기쁜 일이 누군가에겐 헛헛함과 상실감을 안겨주는 일일 수도 있다. 또한 슬픔을 나누면 슬프지 않아도 될 사람까지 슬픔을 떠안게 되는 건데, 그게 과연 맞는 걸까? 혼자 감당하고 이겨낼 수 있는 슬픔까지 콩 한쪽도 나눠 먹는다는 식으로 다른 사람과 나눌 필요가 있을까? 조금 매정하게 들릴지 몰라도 혼자서 감당해야 하는 감정도 있지 않을까? 외롭고 힘들더라도 고독을 택해야 하는 순간이 분명 있다. 하지만 '고독'이란 단어에서 풍기듯 고독은 컴컴하고 쓸쓸해서 선뜻 택하지 못한다. '다른 사람이랑 좀 나누면 어때' 하면서 슬쩍 내 몫을 넘기고 싶어진다.

기꺼이 고독을 택할 수 있는 어른이 되고 싶다. 아직도 기쁜 일이 생기면 곧장 뛰쳐나가 여기저기 자랑하고 싶고 화나는 일이 있으면 누군가에게 덜고 싶고, 슬플 때면 누군가 내 슬픔에 동승해줬으면 하는 욕심이 자꾸 나지만…. 내 감정은 내가 잘 추스르고 정리해, 누군가를 아프게 하는 일은 만들고 싶지 않다.

내게는 기쁜 일이 누군가에겐 헛헛함과

상실감을 안겨주는 일일 수도 있다.

또한 슬픔을 나누면 슬프지 않아도 될

사람까지 슬픔을 떠안게 되는 건데,

그게 과연 맞는 걸까?

혼자 감당하고 이겨낼 수 있는 슬픔까지

콩 한쪽도 나눠 먹는다는 식으로

다른 사람과 나눌 필요가 있을까?

미안하다는
말이 반복되면

　미안하단 말을 자주 하는 사람을 경계한다. 사과를 쉽게 하는 만큼 행동도 가벼울 거란 생각에서다.

　늦은 시간에 그것도 술에 취해 전화를 거는 친구 H가 있었다. 전화를 받으면 대뜸 사는 게 너무 괴롭다느니, 힘들다느니 푸념을 늘어놓았다. 몇 번은 정말 힘든 일이 있나 보다 하고 받아주었다. 그런데 그 횟수가 점점 늘어가더니 어느새 푸념은 원망으로 바뀌었다. "너는 친구가 돼가지고 친구가 이렇게 힘들다는데…." 밤늦게 전화하는 것도 신경이 쓰이던 차였는데 뜬금없는 화풀이는 참기 힘들었다.

다음 날 친구에게 차근차근 어제 한 말은 무슨 뜻에서 한 말이었으며, 정확히 내게 어떤 점이 섭섭했냐고 물었다. 정신이 맑아진 친구는 어제는 많이 취했다며 별 뜻은 없으니 신경 쓰지 말라고 했다. 미안하다는 말과 함께.

이후로도 같은 일은 몇 번인가 더 반복되었다. "어제는 미안. 기분 상했다면 사과할게." 친구의 사과에서 더 이상 진심이 느껴지지 않았다. 미안하다고는 하지만 행동을 개선할 의지는 전혀 없어 보였다. 이후로 H에게서 오는 전화는 받지 않았고 자연스럽게 멀어졌다.

예전 한 상사는 직원들에게 사과하는 일이 잦았다. 욱해서 말을 함부로 하는 성격 탓이었다. 참다못한 직원들이 말이 심하신 거 아니냐 하면 그제야 '내가 말이 좀 심하긴 했는데, 내 말은…'이라며 구차하게 이런저런 핑계를 대다 결국에는 미안하다며 사과했다. 몇 번은 도를 넘어 직원들이 회사 측에 호소를 한 적도 있다. 상사는 경고를 받았고 해당 직원에게 따로 사과를 했다. 그리고 한동안은 조용했다. 나름의 자숙 기간이었는지. 그럴 때면 그 상사가 참 작아 보였다.

미안하다는 말을 쉽게 하는 사람들에게는 단골로 등장하는 말들이 있다. '여튼 미안해', '알았어. 미안해. 미안하다니까', '그래서 내가 미안하다잖아' 등등. 미안하다 했으면 됐지, 뭘 자꾸 얘기하느냔 마음이 역력히 나타난다. 진심이 담겨 있기보다는 그 순간을 모면하기 위한 사과라고밖에 생각되지 않는다. 행동을 고칠 생각보다 미안하다는 말로 자신의 잘못이 빨리 잊히기만을, 그래서 두 번 다시 이 일에 대해서 언급하지 않기만을 바라는 마음이 너무나도 선명하게 보인다. 그런 만큼 똑같은 일은 계속 반복되고 미안하다는 말 역시 계속된다. 당연히 신뢰가 가지 않는다.

이런 사람들의 특징 중 또 하나는 자신에게는 관대하면서 남에게는 엄하디엄하다는 점이다. 자신이 하는 사과에는 '미안하다고 했으면 됐지'라며 미안하다는 말 한마디에 엄청난 의미를 부여하지만 다른 사람이 자신에게 건네는 사과에는 '진심이 안 느껴진다', '그게 사과냐', '미안하다면 다냐'며 실수보다 더 큰 사과를 요구한다. 그럴수록 순도 100퍼센트였던 미안함은 점점 바래져 버린다.

미안하다는 말을 하지 않도록 실수를 하지 않으면 좋겠지만, 그게 어디 말처럼 쉬운 일인가. 다만 실수했을 때 중요한 건 진심을 담은 사과뿐만 아니라 같은 실수를 반복하지 않으려는 노력이다.

'미안하다고 하면 됐잖아!'처럼 사과가 모든 상황을 해결해주는 만능열쇠라도 되는 것처럼 착각하면 곤란하다. 한두 번은 이해할 수 있지만 미안하다는 말이 반복되면 그 사람 자체를 의심하지 않을 수 없으니까.

그랬으면
나도 그렇게 살았지

　"결혼할 때 집에서 도와준 거랑 아닌 거는 천지 차이야. 나도 누구처럼 도움 좀 받았으면 이러고 살진 않지."

　J가 자주 하는 말이다. 나 역시 J의 말에 공감했다. 그런데 그것도 한두 번이지 결혼 얘기만 나오면 J의 레퍼토리는 반복되었다. 슬슬 지겹다 못해 J의 말에 호응하는 내가 한심하게 느껴졌다. 아무래도 집안의 도움을 받는다면 조금 더 여유를 갖고 결혼생활을 시작하겠지만 그게 당연한 것도, 도와주지 못하는 게 잘못도 아니잖아.

　"이제 와서 그게 뭐가 중요해."

불과 몇 년 전만 하더라도 나는 하고 싶은 것들을 마음껏 하면서 여유롭게 살아가는 사람들을 보면 그의 노력보다는 그가 가진 환경에 먼저 눈길이 갔다. '집안이 좋겠지', '집이 잘 살겠지' 하면서 내 마음대로 그 사람을 재단하며 '그랬으면 좋겠다' 싶은 기대에 가까운 예상을 했다. 나도 환경만 뒷받침해주었다면 저 사람처럼 살았을 거란 아쉬움을 담고서. 그래야 지금 내 삶에 위안이 될 것 같고, 내가 덜 초라해 보일 것 같았다. 이상한 자격지심에 빠져 있던 나는 그만큼 내가 그동안 이루지 못한 것에 대한 핑계를 댔다. 내가 노력을 덜했던 건 생각도 안 하고 모든 것을 부족했던 배경, 환경 탓으로 돌렸다.

문득 이런 내가 부끄러웠다. 어리석게 굴지 말고 이제 좀 성숙해지자며 스스로를 타이르고 다그쳤다. 하지만 그것도 잠시 한 번씩 세상은 왜 이렇게 불공평할까 억울한 생각이 들어 또다시 바보 같은 상상을 펼쳤다. 저 정도 배경이 있었으면 나도 할 수 있었고, 어쩌면 저 사람보다도 잘 살고 있었을 거란 이상한 결론에까지 다다랐다.

얼마 전에 알게 된 사람이 알고 보니 서울대 출신의

대기업 임원이라고 했다. 나는 또 참지 못하고 바보 같은 촉을 발동시켰다. '그 당시에 서울대에 다녔을 정도면 집이 좀 살았나 보네', '부모님께서 교육열이 높으셨나 보네' 하면서 몇 가지 조건만으로 퍼즐 맞추듯 그 사람의 배경을 요리조리 끼워 맞추고 있었다. 나중에 안 사실이지만 내가 멋대로 맞춘 퍼즐은 제대로 된 게 하나도 없었다. 그런 줄도 모르고 혼자서 열심히 상상의 나래를 펼쳤으니. 못나도 너무 못났다.

산책을 하다 우연히 일흔이 넘어 보이는 두 어르신이 하는 이야기를 들었다.

"내가 어려서 부모 복이 없어가지고⋯"

다시 한 번 다짐한다. 안되면 환경 탓하는 어른 말고, 내 몫을 다하는 어른이 되자고.

다시 한 번 다짐한다.

안되면 환경 탓하는 어른 말고,

내 몫을 다하는 어른이 되자고.

내가
선택한 건데

지난겨울은 유달리 추위가 심했다. 내가 사는 아파트는 오래되고 낡아 세탁기를 베란다에 설치하는 구조인데, 겨울 내내 안내 방송이 나왔다. 한파가 심해 베란다에서 세탁기를 돌리면 배수관이 얼 수 있으니 세탁기 사용을 중지해달라는 내용이었다. 계속되는 안내 방송에도 불구하고 어디서 여전히 세탁기를 사용하는지 안내 방송은 추위가 사그라들 때까지 계속되었다.

하루는 누군가 다급하게 현관문을 두드려 나가 보

니 관리사무실에서 나왔다며 배수관이 얼어 1층에서 문제가 생겼다고 했다. 각 집을 다니며 배수관 상태를 확인하는 듯했다. 아저씨 두 명이 왔는데, 그중 한 명이 집에 들어올 때부터 뭐가 그렇게 화가 났던지 씩씩대는 소리가 선명하게 들렸다. 베란다로 가서도 연신 투덜거렸다. 무겁고 큰 세탁기가 있으니 배수관을 확인하기가 불편하긴 했을 것이다. 덩치가 작은 나도 바닥에 있는 배수구를 확인하려면 온몸을 구겨야 했으니까.

아저씨는 연신 짜증을 냈다. 함께 온 아저씨 한 명이 눈치가 보였는지 대신 내게 이런저런 설명을 했다. 집집마다 돌고 있는데 사람이 없어 확인도 힘들고, 안내 방송을 그렇게 했는데도 계속해서 세탁기를 쓰는 집이 있어 골치가 아프다는 것이었다. 투덜거리던 아저씨는 뭐가 잘 안되는지 '에이씨'를 연발하더니 다음에 다시 오겠다고 했다. 아저씨는 나가는 순간까지 얼굴을 붉히며 씩씩거렸다.

얼떨떨했다. 내가 뭘 잘못했나? 세탁기 썼냐고 물어봐서 아니라고 답한 것밖에 없는데. 일이 고단한 건 이해가 가지만 이건 좀 아니지 않나? 상냥할 것까지는 없지만 일과 자기감정은 구분해야 하는 거 아닌가? 자기 일을 하면서 그 피로감을 아무 상관없는 남에게 꼭 풀어야 했을까?

아저씨가 떠난 자리에는 그의 성난 기운이 고스란히 남아 있었다. 열어두고 간 배수구 뚜껑을 닫고, 주변 정리를 하며 아저씨가 남기고 간 짜증을 뒤처리했다.

자신이 선택한 것은 자신이 책임지는 것이 어른의 태도일 것이다. 먹고 살려다 보니, 어쩔 수 없이, 그러려고 그런 건 아닌데, 상황이 이래서 하는 수 없이 이런저런 변명을 해가며 책임을 덜고 싶겠지만 어찌 됐든 그때 그 선택을 한 것도, 그것을 행동으로 옮긴 사람도 모두 자기 자신이다. 그러니 뭔가를 선택하고 행동으로 옮길 때는 신중해야겠다. 결과가 어떻든 내가 선택한 건 내 책임이니까.

나 때문이 아니라 너 원래 그래

무슨 일이 생길 때마다 '너 때문이잖아'라고 하는 사람들이 있다. 하지만 들여다보면 정말 상대방으로 인해 문제가 벌어진 경우는 그다지 많지 않다.

'네가 나를 이렇게 만든 거 아냐', '너 때문에 내가 이러는 거 아냐'라고 하지만 너 때문에 변한 게 아니라 그들은 원래 그런 사람들이었다. 원래 화를 잘 냈고, 생각이 깊지 못했으며, 원래 실수가 잦았고, 원래 정신이 없었다. 그나마 상대방이 옆에 있어줘서 그 정도인 걸지도 모른다. 혼자였으면 더했으려나.

한번은 식사 준비를 하는데 아이가 옆에서 핸드폰 속 영상을 보여주며 '엄마, 이게 뭔지 알아?'라고 했다. 정신도 없고 식사 준비에 바빠 좀 이따 얘기하자고 했지만 아이는 기다릴 여유가 없었다. '이거 좀 봐봐'라며 보챘다.

쨍그랑! 그 순간 손에서 미끄러진 그릇 하나가 날카로운 소리를 내며 떨어졌다. 다행히 그릇은 깨지지 않았다. 잔뜩 긴장한 아이를 비켜 세우며 혹시 깨진 조각이 없는지 다시 한 번 바닥을 살폈다. 확인을 끝내고 매서운 눈초리로 아이를 봤다. '거 봐! 엄마가 저리 가 있으라고 그랬지! 너 때문에 엄마가 정신이 없어서…'라고 할 찰나에 아이가 선수를 쳤다.

"왜 날 봐. 난 아무것도 안 했는데?"

나도 모르게 웃음이 터졌다. 그러게. 아이는 아무것도 안 했는데. 그릇을 놓친 건 나잖아?

"아니, 네가 그러니까 엄마가…"

이미 아이의 강력한 한 마디에 설득당했으면서 애써 아닌 척 핑계를 대보지만, 궁색하다.

부탁도
할 줄 알아야

나는 부탁을 잘 못하는 편이다. 웬만하면 혼자서 해결하려 한다. 그러다 보니 도움을 청하고 물어봤다면 쉽게 끝났을 일을 몇 배의 시간을 들여 끝내기도 한다. 가끔은 일을 그르칠 때도 있다.

이런 내게 어떤 이는 내가 자존심이 너무 세서 그런 거라 했다. 아주 틀린 말은 아니었다. 못한다는 걸 굳이 알리고 싶지 않은 마음도 어느 정도 있다. 하지만 꼭 그것 때문만은 아니다. '혼자서 해보는 데까지 해보고 물어보든 도와달라고 부탁하든 해야 하지 않나'란 생각이 들어서다. 대체로 '이건 아무래도 부탁을 좀 해야겠는걸?' 하는 생각이 들었을 때는 이미 부탁할 타이밍을 놓친 뒤다. 수십 번을 고민해서 조심스럽게 부탁한 나에 비해 부탁받은 사람이 별것 아니라는 듯이 '진작 말하지'라고 하면 그렇게 머쓱할 수가 없다. 게다가 내가 몇 시간 동안 끙끙대던 문제를 몇 분 내로 뚝딱 해결하면 허무하기 짝이 없다. 대체 여태까지 난 뭘 한 거야. 도와달라는 말이 뭐 그리 어렵고 못할 말이라고.

어른이 되면 되도록 부탁 같은 건 하지 말아야지 싶었다. 순진했던 건지, 어리숙했던 건지 그게 어른다운 것이고 어른의 자세라 여겼다. 지금은 부탁을 잘하는 어른이 꽤 괜찮은 어른이라는 생각이 든다.

꼭 내가 해내야 하는 일과 누군가에게 도움을 요청해도 될 일을 구별하고 두 가지 모두 해내는 것, 정중하게 부탁하고 충분히 보답하는 것.

어느 하나도 쉬운 일이 없다. 모든 걸 혼자 처리하

기엔 부족하다는 걸 알면서도 낑낑대며 붙잡고 있는 나는 아직까지도 부탁이 참 어렵다.

이제는 혼자 해보는 데까지 해보자는 식의 미련은 그만 떨고 어른스럽게 적당한 도움은 받으면서 살아야지 싶다. 그래야 나도 기꺼운 마음으로 누군가에게 도움을 줄 수 있을 테니까.

하지만 여기서부터 또 고민이 시작된다. '도움의 적당한 선은 어디까지지?'라는 새로운 고민이 생겨난다. 그렇게 꼬리에 꼬리를 물어 도착한 곳은 제자리다.

'일단은 하는 데까지 해보고 안 되면 그때 가서 부탁하는 게 맞지 않나? 다른 사람이 힘들게 해서 얻은 걸 나는 너무 쉽게 얻으려고 하는 거 아닌가?'

결국 다시 원점이다. 아무래도 어른이 되려면 멀었나 보다.

어느 하나도 쉬운 일이 없다.

모든 걸 혼자 처리하기엔 부족하다는 걸

알면서도 낑낑대며 붙잡고 있는

나는 아직까지도 부탁이 참 어렵다.

그래서
앞으로 뭘 하면 좋을까

조깅하던 중 하교하는 초등학생 몇 명이 보였다. 남자아이 둘이 내 쪽을 향해 걸어오고 있었는데 한 아이의 목소리가 유난히 크게 들려왔다.

"너는 앞으로 네가 잘하는 일을 할 거야? 아니면 하고 싶은 일을 할 거야?"

두 아이의 대화가 흥미로웠고 친구의 답변도 듣고 싶었다. 그러나 갑자기 멈춰서 아이들 뒤를 졸졸 따라가면 '이 수상한 아줌마는 뭐야' 싶을 게 분명했으니 나는 그냥 가던 길을 계속 가는 수밖에 없었다.

집으로 돌아가는 길 내내 그 질문이 머릿속에 맴돌았다. '요즘은 초등학생 때부터 이런 고민을 하는구나' 하는 놀라움과 함께 '그럼 나는?'이란 질문에 쉽게 답할 수가 없었다. 나는 앞으로 뭘 해야 하는 거지? 잘하는 일을 해야 할까, 하고 싶은 일을 해야 할까. 그보다 전에 내가 잘하는 일은 뭐고, 하고 싶은 일은 뭔데?

질문을 던졌던 아이의 답은 과연 뭐였을까?

누가 답을 알려줬으면 좋겠다. 넌 앞으로 어떤 일을 하며, 어떻게 살라고. 그게 너한테 딱이라고.

이런 고민을 이 나이에도 할 줄은 몰랐다. 이때쯤에는 뭐든 다 안정되어 있고 갈 길도 어느 정도 정해져 있어 여유롭게 걷기만 하면 될 줄 알았는데 갈 길이 정확히 정해진 건 노화밖에는 없는 것 같다. 어찌나 제 갈 길을 알아서 척척 잘도 가는지. 피부는 하루가 다르게 탄력을 잃어가고 새치는 자고 일어나면 하나씩 느는 것 같다.

어른이 되어도
평생 꿈꿀 거야

"꿈이 꼭 있어야 해?"

아이가 자주 물었던 질문이다. 작년까지만 해도 '아니, 없어도 돼'라고 했다. 아이에게 꿈을 강요하는 것 같기도 하고, 하고 싶은 게 뚜렷하게 있다면 모를까 그렇지 않은 아이에게 자꾸 꿈 얘길 하는 건 스트레스만 줄 뿐이라고 생각했다.

특출 난 재능이나 남다른 관심 분야가 있다면 어려서부터 진로를 명확히 정해서 그것에 매진하는 것도 좋겠지만 그게 아니라면 좀 느긋해져도 되지 않을까 하는 게 내 마음이었다. 물론 어떤 이들은 이렇게 말하면 요즘 시대가 어떤 시댄데 그렇게 느긋한 소리를 하냐고 할지도 모르겠지만 어쨌든 내 교육관은 그랬다. 꿈 고민도 좋지만 그보다는 하루하루 행복하게 살았으면 했다.

아이는 올해로 고등학생이 되었다. 요즘은 슬슬 조바심이 나나 보다. 학교며 학원에서 진로에 대해 묻기도 하고, 진로에 맞춰 과목 선택을 잘해야 한다는 말을 많이 들어서였을 것이다. 학교에서 하는 모든 활동은 입시로 연결되고 이제 학교에서는 꿈이 아닌 '무슨 학과'를 갈 것인지 묻는다.

하루는 학원에서 선생님이 수업을 마치며 '열심히 하자!'라며 나름 격려를 하신 모양이다. 아이는 그 말이 집에 오는 내내 마음에 걸렸다고 했다. '왜? 무엇을 위해서 열심히 해야 하지?'란 생각이 들었단다. 아이는 집에 돌아와 내게 아직 꿈이 없는데 뭘 위해서 열심히 해야 하냐고 물었다.

꿈을 생각할 때는 앞으로 뭘 직업으로 삼을 건지가

아니라, 앞으로 어떤 사람이 되고 싶은지를 먼저 생각해 봐야 하는 거라고 답해주었다. 그 어떤 사람이 되기 위해서 하는 일이 직업이 되는 거라고. 그럼 그 직업을 갖기 위해서는 어떤 공부를 해야 하는지 알 수 있을 거라고. 그리고 아직 너의 세계가 작아서 시야가 좁은 것뿐이니 좀 더 시야를 넓히다 보면 분명 되고 싶은 사람이 보일 거라 했다. 반응이 없다. 별로 와닿지 않는 눈치다.

그때 TV에서 〈놀면 뭐하니?〉란 프로그램에 권일용 교수가 나왔다. 우리나라 1호 프로파일러인 그는 범죄 현상에서는 작은 것 하나도 중요한 단서가 된다며 프로파일러가 추리하는 과정을 설명했다. 그의 예리함과 추리력에 놀랐고, 아이는 옆에서 연신 감탄을 멈추지 않았다. "와, 프로파일러는 진짜 공부 많이 해야겠다." 그때 아이가 말했다. "엄마가 하는 말이 무슨 말인지 알았어."

TV가 아이의 고민을 해결해주다니. 어찌 됐든 다행이다 싶은 순간, 갑자기 이런 생각이 들었다.
'나는 꿈이 뭐지?'

생각해보니 나도 꿈에 대해 깊게 생각해 본 지가 오래된 것 같다.

내 꿈은… 내 글이 많은 사람들로부터 공감을 얻어 큰 사랑을 받는 것. 꿈은 크게 가지라고 했으니, 베스트셀러를 넘어 스테디셀러가 되는 것. 이후로도 계속 마음을 움직일 수 있는 글을 쓰는 것. 그래서 내 글을 기다리는 사람이 점점 더 많아지는 것. 작가 김자옥 말고 좋은 어른 김자옥이 되는 것.

그런데 어째 아이에게 말한 것과 순서가 반대인 것 같다. 아무렴 어떠냐. 꿈이 있다는 게 중요하지. 안 그래?

그런 어른

펴낸날 초판 1쇄 2021년 6월 28일

지은이 김자옥

펴낸이 강진수
편 집 김은숙, 김도연
디자인 임수현

인 쇄 (주)사피엔스컬쳐

펴낸곳 (주)북스고 **출판등록** 제2017-000136호 2017년 11월 23일
주 소 서울시 중구 서소문로 116 유원빌딩 1511호
전 화 (02) 6403-0042 **팩 스** (02) 6499-1053

ISBN 979-11-6760-002-8   03810

책 출간을 원하시는 분은 이메일 booksgo@naver.com로 간단한 개요와 취지, 연락처 등을 보내주세요.
Booksgo는 건강하고 행복한 삶을 위한 가치 있는 콘텐츠를 만듭니다.